Roland Seiler

Tote verdienen Ruhe

Mysteriöse Todesfälle in der Provence

Autor

Roland Seiler ist 1946 in Bönigen im Berner Oberland geboren.
Nach einer Lehre als Vermessungszeichner und dem Ingenieurstudium an der Fachhochschule in Basel war er zuerst in der Verwaltung, dann rund 25 Jahre als Verbandsfunktionär tätig.
Während 16 Jahren vertrat er die Sozialdemokratische Partei im Grossen Rat des Kantons Bern.
Seit 1972 ist er verheiratet und hat zwei erwachsene Kinder.
Heute lebt er zusammen mit seiner Frau in Moosseedorf (Kanton Bern) und in Cucuron (Provence).

Buch

Der verwitwete Robert Schneider führt als kantonaler Beamter ein eher biederes Leben, bis er ein Opfer des Stellenabbaus wird.
Knall auf Fall verliebt er sich in eine junge Deutsche und folgt dieser Hals über Kopf in die Provence, wo er in erhebliche Turbulenzen gerät.
Er wird mit mysteriösen Todesfällen konfrontiert, versucht diese aufzuklären, gerät dabei selber in Gefahr und wird schliesslich von seiner eigenen Vergangenheit eingeholt.
Dabei lernt er einen Teil Provence sowie deren Bewohner, Alltag, Bräuche, Geschichte und Küche kennen.

Roland Seiler

Tote verdienen Ruhe
Mysteriöse Todesfälle in der Provence

Roman

© 2009 Roland Seiler

Korrekturen:
Joseph Emmenegger

Herstellung und Verlag:
BoD - Books on Demand,
Norderstedt

2. Auflage: 2016

ISBN 978-3-7431-1405-0

Für Irène, Alex und Simone

«Ich habe Angst!», flüsterte – nein: hauchte mir Monika ins rechte Ohr.
Ich nahm sie in meine Arme und zog sie fest an mich, um ihr das Gefühl von Sicherheit zu geben. Dabei war meine eigene Sicherheit nur noch gespielt, denn auch mir war die Situation längst nicht mehr geheuer.

Wir waren seit ein paar Tagen mit unserem silbergrauen Simca 1500 Spécial in der Provence unterwegs. Monika hatte aus Jeans-Stoff einen Vorhang geschneidert, welcher unerwünschten Beobachtern den Blick ins Wageninnere verhindern sollte, wenn wir uns auf den Liegesitzen zum Schlafen eingerichtet hatten, oder wenn wir trotz hochsommerlicher Temperaturen unserer Liebeslust freien Lauf lassen wollten.

Von Nîmes her kommend, hatten wir am Nachmittag unter dem gigantischen Pont-du-Gard Halt gemacht, wo wir am Ufer einen schattigen Sandplatz gefunden hatten. Am Abend waren wir in der Papststadt hängen geblieben, nachdem wir am Stadtrand auf ein paar junge Maghrebiens gestossen waren, welche in einer Nische der Stadtmauer eine Grilleinrichtung improvisiert hatten und illegalerweise für ein paar Francs Essen und Trinken anboten. Das kam unserem bescheidenen Ferienbudget entgegen und weil bekanntlich Liebe blind macht, übersahen wir geflissentlich, dass das Fleisch mehr verkohlt als gegrillt war. Das Essen schmeckte uns ebenso wie der billige Algerierwein.

Bestens gelaunt und ein wenig angeheitert entschieden wir uns, möglichst in der Nähe einen geeigneten Übernachtungsplatz zu suchen. Als ich eine dunkle Sackgasse entdeckt hatte, stimmte auch Monika sofort zu und verzichtete für einmal darauf, die nähere Umgebung zu erkunden, was sie üblicherweise aus angeborener Vorsicht tat.

Ich musste sofort eingeschlafen sein und bereits zwei, drei Stunden geschlafen haben, als mich Monika weckte. Mein «Was ist los?» unterdrückte sie mit ihrer Hand auf meinem Mund und einem zischenden «Pssst!».

«Da ist jemand!», raunte Monika. Ich spürte instinktiv den Ernst der Lage, denn wegen einer Lappalie hätte sie mich kaum geweckt.

Augenblicklich war ich hellwach. Keine zehn Meter von uns entfernt spielte sich eine dramatische Szene ab. Eine leicht bekleidete Frau – offensichtlich handelte es sich um eine Prostituierte – stand am geöffneten Fenster eines weissen Cadillacs und redete gestikulierend auf den am Steuer sitzenden Fahrer ein. Anscheinend war sie daran, mit ihrem Zuhälter die Tagesabrechnung auszuhandeln. Wir verstanden zwar die Worte des immer lauter werdenden Dialoges nicht, ahnten aber, dass sich die beiden über Geld stritten. Plötzlich sprang der grossgewachsene Gigolo-Typ aus seinem nicht mehr ganz neuen Ami-Schlitten, packte die Frau und versetzte ihr zwei, drei Schläge ins Gesicht. Mit einer beeindruckenden Wendigkeit löste sich die Dirne aus dem Griff des Zuhälters und ging zum Gegenangriff über. Obwohl sie die körperlich Unterlegene war, deckte sie ihrerseits den Hünen mit ein paar Schlägen ein. Dieser schlug noch brutaler zu und versetzte der Frau einen Faustschlag mitten ins Gesicht, sie torkelte, schlug mit dem Hinterkopf an die offene Autotüre und fiel zu Boden. Der Schläger lachte zynisch und zündete sich in aller Ruhe eine Gauloise an. Als der am Boden liegende Körper auch nach einer Zigarettenlänge reglos blieb, schien der Mann doch langsam nervös zu werden. Zuerst schrie er sein blutüberströmtes Opfer an, dann bückte er sich unsicher nieder. Jetzt wurde ihm bewusst, dass die Frau ernsthaft verletzt war. Er blickte sich um, überlegte kurz, öffnete den Kofferraum, schleifte den leblosen Körper hinter seinen Cadillac und hob ihn grobschlächtig hinein.

Während der ganzen Szene, die in Wirklichkeit wohl nicht viel mehr als eine Viertelstunde gedauert hatte – uns aber wie eine Ewigkeit vorgekommen war –, hatten wir kaum zu atmen gewagt.

Jetzt setzte sich der rüpelhafte Fahrer wieder in seinen Cadillac und drehte dessen Zündungsschlüssel. Der Motor heulte laut auf und der Lichtstrahl der eingeschalteten Scheinwerfer erleuchtete das Innere unseres Autos – wir blickten uns erleichtert an. Doch halt. Unverhofft verstummte das Motorengeräusch. Hatte der Typ uns entdeckt? Von Angst gelähmt hörte ich die nahenden Schritte. Mein Blut stockte. Unsere verschlossen geglaubte Autotüre wurde aufgerissen und ich wurde am Oberarm ergriffen.

***

«Avignon. Hatten Sie nicht gesagt, Sie müssten in Avignon aussteigen?»
Ich öffnete die Augen und schaute in das apart schöne Gesicht einer schätzungsweise vierzigjährigen Südfranzösin, welche mich am Oberarm ergriffen hatte, um mich zu wecken. Ich musste geträumt haben. Die Hübsche war in Valence in den TGV zugestiegen und wir hatten ein paar belanglose Worte gewechselt. Sie kam aus Paris, hiess Geneviève Faure und wollte in Marseille ihren kranken Vater besuchen. Ich hatte ihr erzählt, dass ich aus Bern stamme und einige Tage in der Provence verbringen wolle, und sie hatte mir sofort angeboten, mir ihre Heimatstadt Marseille zu zeigen. Ihre Visitenkarte hatte ich dankend in eine der vielen Taschen meines neu erstandenen Gilets gesteckt – wohl wissend, dass ich keinen Bedarf für eine Reiseführerin haben würde.

Meine wirklichen Pläne hatte ich nicht preisgegeben. Kein Wort vom neuen Lebensabschnitt, der morgen für mich in Aix-en-Provence beginnen würde. Dass ich in Avignon aussteigen müsse, hatte sie zum Glück noch mitbekommen, bevor ich mich von der unhöflichen Seite gezeigt hatte und eingeschlafen war.

Der Zug stand bereits still. In aller Hast ergriff ich meine Reistasche und rannte, ohne mich für das Wecken zu bedanken und ohne mich ordentlich zu verabschieden, zur Ausgangstüre.

Höchste Zeit. Die Türen schlossen sich und der Zug fuhr ab. Benommen stand ich auf dem Bahnsteig. Wie ein Schock wirkte der Wechsel aus dem klimatisierten TGV in die frühsommerlich heisse Provence. Der Schweiss rann mir den Rücken hinunter. Ob hervorgerufen durch den Klimaschock oder als Folge des Angst einflössenden Traumes, aus dem mich meine vorübergehende Reisebegleiterin gerissen hatte, war mir im Moment einerlei.

Ich atmete mehrmals tief durch, versuchte mich zu erholen und torkelte dem Bahnhofausgang zu. Erst jetzt nahm ich die schwungvolle Architektur des vor wenigen Jahren neu gebauten TGV-Bahnhofes wahr, der mich an einen Flughafen erinnerte. Über den mit typisch französischer Grosszügigkeit gestalteten Umgebungsanlagen flimmerte die Luft in der gleissenden Mittagssonne.

Plötzlich fühlte ich mich sehr einsam und verlassen. Sozusagen im luftleeren Raum zwischen zwei Leben. Zwischen meinem bisherigen Leben, das ich in Bern abgeschlossen hatte, und dem zukünftigen Leben, das morgen mit Brigitte in der Provence beginnen sollte.

«Jetzt nur keine Zweifel aufkommen lassen», ging es mir durch den Kopf.
Ich hatte mich zu diesem Schritt entschlossen und meine Zelte in der Schweiz abgebrochen. Obwohl ich mir der Sache sicher war, spürte ich in den letzten Tagen eine innere Unruhe und psychische Anspannung.

In der quälenden Ungewissheit begannen längst verheilt geglaubte Wunden zu bluten. Als die Leute vom Brockenhaus meine Zweizimmerwohnung in Bümpliz geräumt hatten, konnte ich nicht mehr zuschauen und musste an die frische Luft. Nicht etwa, weil ich an den Möbeln und Haushaltgegenständen gehangen hätte.

Nein, aber die Situation glich zu stark jener vor dreissig Jahren, als ich nach Monikas Tod nicht weiter in der Wohnung in Ittigen bleiben wollte. Weil ich es damals nicht ertragen hätte, durch die gemeinsam zusammen gesparte und abgestotterte Wohnungseinrichtung dauernd an unsere glücklichen Jahre erinnert zu werden, hatte ich auch damals das gesamte Inventar der Heilsarmee überlassen.

Ich gab mir einen Ruck und versuchte die grüblerischen Gedanken zu verscheuchen. Doch was hatte ich eigentlich vor? Die Idee, vor dem Start des neuen Lebensabschnittes einen «freien» Tag in Avignon einzuschieben, war spontan entstanden, nachdem die Wohnungsübergabe problemlos über die Bühne gegangen war und ich nicht recht wusste, wie und wo ich den vorsichtshalber eingeplanten Reservetag verbringen sollte. Ich hatte mir vorgestellt, mir einen letzten Tag, ganz für mich allein, zu gönnen, einen Tag zwischen Abschied und Ankunft, eine Atempause zwischen gestern und morgen.

Nun stand ich hier vor dem TGV-Bahnhof in Avignon und war mir nicht im Klaren, wie ich den gewonnenen Freiraum nutzen könnte. Irgendwie kam ich mir auf einmal fast lächerlich vor. Warum sollte ich mir vierundzwanzig Stunden in Avignon um die Ohren schlagen, während wenige Kilometer von hier meine künfti-

ge Lebenspartnerin auf meine Ankunft wartete? Und wie wäre es, wenn ich sie überraschen würde? Kurz entschlossen ging ich in die Bahnhofhalle zurück, kaufte mir eine Telefonkarte und steuerte auf die nächste Telefonkabine zu. Weil ich dummerweise vergessen hatte, mir die Nummer ihres Hausanschlusses zu notieren, wählte ich die Nummer ihres portablen Telefons. Nach ein paar Summtönen meldete sich die mir zwar bekannte Stimme, aber im für Deutsche typischen Französisch.
«Hallo! Hier spricht Brigitte. Ich bin im Moment nicht erreichbar. Hinterlassen Sie doch eine Mitteilung, damit ich zurückrufen kann.»
Ich legte den Hörer auf.

Damit war klar, dass ich ein paar Stunden in Avignon verbringen würde. Eine gute Stunde später lag ich auf dem Bett im sechs Quadratmeter grossen Zimmer Nummer 10 des «Hôtel Le Magnan». Der Pendelbus hatte mich vom ausserhalb der Stadt liegenden TGV-Bahnhof ins Stadtzentrum gebracht und ich hatte mich nach kurzem Studium der Hotelliste, welche ich mir im Office de Tourisme beschafft hatte, für dieses Zweistern-Hotel entschieden, welches direkt hinter der südlichen Stadtmauer von Avignon liegt.

Die vollbusige Concierge hatte mir unaufgefordert einen «Spezialpreis» von 40 Euro offeriert, aber auf Vorauszahlung bestanden. Im Zimmer standen ein französisches Bett, ein kleiner Schreibtisch, ein Stuhl und ein Kleiderschrank. Ich stellte mir vor, wie knapp es hier für zwei Personen wäre. Auch Dusche, WC und

Waschtisch waren auf kleinstem Raum untergebracht, aber das Preis-Leistungs-Verhältnis stimmte und das Haus machte einen relativ gepflegten Eindruck.

Ziellos schlenderte ich durch die Stadt der Päpste, die mir gleichzeitig bekannt und doch sehr fremd vorkam. Vieles war genau gleich wie damals, vor über dreissig Jahren, als ich hier mit Monika zwei glückselige Tage verbracht hatte. Und doch war es nicht mehr der verträumte Flower-Power-Ort, den wir damals als frisch verheiratetes Paar erlebt hatten. Dieselben verwinkelten Strässchen in der Altstadt, aber viele der traditionellen Quartierläden waren von Boutiquen und Modegeschäften verdrängt worden, welche auch in vielen anderen europäischen Städten anzutreffen sind. Der Palais des Papes verströmte zwar immer noch eine majestätisch-trutzige Atmosphäre. Ich empfand die mittelalterliche Burg, welche tatsächlich einigen Päpsten und mehreren Nebenpäpsten im 14. und 15. Jahrhundert als Wohnsitz gedient haben soll, aber irgendwie lächerlich herausgeputzt, unzeitgemäss und deplatziert. An der Place de l'Horloge hatte es immer noch zahlreiche Restaurants, aber in der Luft lag nicht mehr das Duftgemisch von Knoblauchbrot und Marihuana von damals, sondern ein penetranter anonymer Fritüre-Gestank.

In nostalgische Gedanken verloren, war ich ausserhalb der beeindruckenden Stadtmauer gelandet. Ob hier wohl immer noch verkohltes Fleisch und billiger Wein angeboten würden? Die Jungs von damals müssten zwar längst über fünfzigjährig sein, aber vielleicht hatten sie den «Betrieb» in jüngere Hände übergeben.

Nichts! Keine Grillnische in der Stadtmauer. Keine improvisierten Sitzgelegenheiten. Sogar die Russspuren des seinerzeitigen Grillfeuers auf den Steinen der Stadtmauer waren verschwunden – vermutlich war dieser «Schandfleck» einer Sauberkeitsoffensive der vor ein paar Jahren neu gewählten bürgerlichen Stadtpräsidentin zum Opfer gefallen.

Irgendetwas trieb mich zum Weitersuchen an. Die Erinnerungen waren vulkanähnlich aus meinem Unterbewusstsein herauskatapultiert worden und hatten in mir nostalgische Gefühle ausgelöst. Die in meinem Traum im TGV aufgetauchten Bilder waren plötzlich derart präsent, als ob ich erst kürzlich da gewesen wäre.

Unvermittelt stand ich vor der Sackgasse, wo wir damals unser Nachtlager eingerichtet hatten. Mein Magen zog sich zusammen. Was wäre wohl passiert, wenn dieser Zuhälter nicht tatsächlich mit seinem Opfer im Kofferraum abgefahren wäre, sondern uns entdeckt hätte, wie ich geträumt hatte? Warum wohl hatte ich die Szene im Traum bis zur bevorstehenden Abfahrt des Cadillacs wirklichkeitsgetreu wiedererlebt, dann aber eine fiktive dramatische Wendung geträumt? Wohl wegen des schlechten Gewissens, die Prostituierte feige ihrem Schicksal überlassen und aus Angst vor Schereien auf eine Meldung bei der Polizei verzichtet zu haben? Oder kamen die Angstgefühle zurück, die ich damals vor Monika zu verstecken versucht hatte, weil ich den «starken Mann» spielen und ihr Eindruck machen wollte?

Mich fröstelte. Erst jetzt bemerkte ich, dass die Sonne untergegangen war und es zu dunkeln begann. Mein Magen knurrte. Ausser einem Mütschli vor der Abfahrt in Bern und einem mickrigen, aber schamlos teuren Sandwich im TGV hatte ich den ganzen Tag nichts gegessen. Ich entschloss mich, zurück ins Hotel zu gehen, um mich umzuziehen und anschliessend das Restaurant zu suchen, in welchem wir uns damals trotz unseres bescheidenen Budgets ein teures Nachtessen geleistet hatten.

Erst beim dritten Anlauf fand ich oben an der «Rue de la République» die Anschrift «HIELY» des Restaurants, das im ersten Stock eines Geschäftshauses untergebracht ist. Der Chef de Service bedeutete mir freundlich, aber nicht salbungsvoll, ich hätte wirklich Glück, ohne vorgängige Reservation einen Platz zu finden, und führte mich an ein kleines Tischchen an der Fensterfront.

Das «Hiely Lucullus», welches ein stilgerechtes Belle-Époque-Interieur aufweist, verströmt eine einmalige Ambiente. Zum mit Liebe gepflegten Dekor passen auch die Menükarte und der gepflegte Service. Neben dem Chef de Service werden die Gäste von einem Chef de Table sowie einem Sommelier verwöhnt.

Ich entschied mich für das Drei-Gang-Menü «Jean Vilar». Wie mir der Chef de Service bereitwillig erklärte, sei Jean Vilar ein Theatermann gewesen, welcher nicht nur das «Theâtre National Populaire» in Paris gegründet und geleitet, sondern auch das alljährlich stattfindende

Theaterfestival von Avignon gegründet habe. Er soll zudem ein grosser Gourmand und regelmässiger Gast im «Hiely» gewesen sein, weshalb sein seinerzeitiges Lieblingsmenü seit ein paar Jahren auf der Karte geführt werde.

***

Damals mit Monika hatten wir uns ebenfalls für ein dreigängiges Menü entschieden, obwohl dieses ein kaum zu verantwortendes Loch in unsere Reisekasse riss. Wir hatten uns darauf geeinigt, während der Ferien einmal wöchentlich vom üblichen Menüplan abzuweichen, welcher unseren finanziellen Verhältnissen entsprechend aus Sandwiches, Früchten, Melonen und Salaten bestand.

Nicht dass wir mittellos gewesen wären. Hatte ich doch kurz vor unserer Hochzeit meine Stelle beim kantonalen Vermessungsamt angetreten und Monika hatte weiter Schule gegeben. Im Herbst hatte sie aufgehört die Pille einzunehmen und war bereits zwei Monate darauf schwanger geworden. Obwohl ihr häufig unwohl war und sie morgens erbrechen musste, liess sie ihre Klasse nie im Stich und liess keine einzige Schulstunde ausfallen. Ich bewunderte ihre Kraft, ihren Mut und ihre Willensstärke.

Die Reise in die Provence war ihre Idee gewesen. In einem der Bücher, welche ich im Hinblick auf die Geburt und meine künftige Rolle als Vater aus der Bibliothek nach Hause gebracht hatte, war der siebte

Schwangerschaftsmonat als besonders heikel beschrieben worden. Monika nahm meine Bedenken jedoch auf die leichte Schulter und als auch noch Dr. Bär, ihr Frauenarzt, ihre Ferienpläne unterstützt hatte, musste ich kapitulieren. Nach dem Vorfall in jener Nacht hatte ich kein Auge mehr zugetan. Ich sorgte mich um unser Kind und befürchtete, die Aufregung könnte ihm schaden. Mit dem Vorschlag, die Ferien vorzeitig abzubrechen, drang ich nicht durch, aber wir einigten uns wenigstens darauf, von nun an nur noch auf offiziellen Campingplätzen zu nächtigen.

Das relativ teure Nachtessen war in jeder Beziehung ein Volltreffer gewesen. Wir liessen uns die Schmeicheleien des charmanten Kellners gefallen und genossen die typisch südfranzösische Küche. Selbst die Tatsache, dass Monika während des Fussmarsches zum Campingplatz das gute Essen im Strassengraben zurücklassen musste, konnte uns die Stimmung nicht wirklich verderben.

***

Der Chef de Service behauptete, Jean Vilar habe 1971 noch am Tag vor seinem Tod im «Hiely» das heute nach ihm benannte Menü gegessen. Meine Frage, ob besagte Mahlzeit etwas mit dem Ableben des grossen Theatermannes zu tun gehabt habe, fand der bis dahin ausserordentlich freundliche Herr jedoch gar nicht lustig, und er schenkte mir keinen einzigen Blick mehr. Trotzdem genoss ich das Essen in vollen Zügen.

Das «Amuse-Bouche», welches wie in jedem guten französischen Restaurant offeriert wurde, liess bereits die Vorfreude aufkommen. Drei kleine rouladenähnliche Häppchen mit verschiedenen Fleisch- und Fischpasten wurden mit den jeweils passenden Sösschen dargereicht.

Das Gemüse-Trüffel-Risotto, welches als Vorspeise serviert wurde, war ein echter Hochgenuss. Nicht umsonst hatte die französische Schriftstellerin Colette den Trüffel als «Juwel der Erde» bezeichnet. Der Kellner, der mir nach der Verstimmung des Chef de Service gar noch um eine Spur freundlicher erschien, hatte mich mit einem schelmischen Grinsen daran erinnert, dass der Trüffel, der auch etwa «Gaumenkitzler» genannt wird, aphrodisiakische Eigenschaften nachgesagt würden. Ich grinste zurück und dachte mir, wenn's nichts nütze, dann schade es wenigstens nicht.

Mit grossem Tamtam wurde der Hauptgang aufgetischt, welcher all meine Erwartungen übertraf. Das rosa gebratene Lammkarree war butterzart, das Peperonigemüse hatte den nötigen Pfiff und die beiden Saucen ergänzten das Ganze hervorragend.

Dann kam die übliche Qual der Wahl: Dessert oder Käse? Ich erinnerte mich daran, dass Monika damals einen imposanten Dessertwagen mit rund zwanzig verschiedenen Desserts zur Auswahl vorgeführt bekommen hatte. Bedauernd erklärte mir der Chef de Table, dass er häufig auf diese früher weit herum bekannte

«Hiely»-Attraktion angesprochen werde, obwohl diese bereits vor ein paar Jahren eliminiert worden sei.

Ich entschied mich schliesslich für den Käsewagen und wurde nicht enttäuscht. Die enorme Palette hatte ich zwar erwartet, aber das Spezielle waren die für mich ungewohnten Zutaten. Neben Trauben, Nüssen und Kümmel bot mir der Kellner hausgemachte Konfitüren an. Auf meinen fragenden Blick versicherte er mir, das sei durchaus ernst gemeint und empfehlenswert, was ich ihm danach auch bestätigen konnte.

Mit vollem und schwerem Magen entschloss ich mich nach dem Verlassen des hervorragenden Restaurants zu einem Verdauungsspaziergang. Die engen Ladenstrassen mit den herunter gelassenen Metallrollladen waren nun abgesehen von ein paar Nachtschwärmern praktisch ausgestorben. An der Rue Galante hatte sich ein Obdachloser in einem Hauseingang mit alten Kartonschachteln ein Nachtlager eingerichtet. Hinter der Kirche Saint Didier standen ein paar junge Leute albernd und kichernd unter einer Strassenlaterne zusammen. Beim Vorübergehen stieg mir der unverwechselbare Geruch eines Joints in die Nase.

An der Ecke «Rue des Lices» / «Rue du Portail Magnanen» hörte ich Musik. Obwohl ich die «Bar du Sud» nicht als besonders einladend empfand, trat ich ein, um mir noch einen Digestif zu gönnen. An der Theke hingen zwei laut gestikulierende Männer und begrüssten mich mit der Aufforderung, ihnen etwas zu spendieren. Ich ignorierte sie und bestellte mir einen Calvados.

Nachdem die zwei alkoholisierten Typen das Lokal verlassen hatten, war ich der einzige Gast in der Bar. Ich unterhielt mich mit dem buckeligen Kellner, der eigentlich eher dem Klischee eines Piraten entsprach als jenem eines Barkeepers. Wir hatten etwa eine Viertelstunde über die aktuellen Sportereignisse gefachsimpelt, als die Türe wieder aufging und eine junge Frau eintrat, die trotz der vorgerückten Stunde allein zu sein schien. Ich war perplex, denn die späte Barbesucherin wies eine frappante Ähnlichkeit mit meiner Tochter auf.

***

Das Verhältnis zu Suzanne konnte eigentlich nicht als normale Vater-Tochter-Beziehung bezeichnet werden. Nach Monikas Tod war ich froh gewesen, dass Annemarie und Erwin bereit waren, die Kleine zu sich zu nehmen. Für meine Schwägerin war diese Hilfe nicht nur eine familiäre Pflicht. Nach der schwierigen Geburt von Rolf hatten ihr die Ärzte von einer weiteren Schwangerschaft abgeraten und sie hatte sich nur widerwillig in ihr Schicksal gefügt. Mit Suzanne war auf eine Art ihr Wunsch nach einem zweiten Kind in Erfüllung gegangen.

Da ich in all den Jahren nie daran gedacht hatte, eine neue Beziehung einzugehen und für meine Tochter eine Stiefmutter zu suchen, wuchs Suzanne zusammen mit ihrem Cousin Rolf in Interlaken auf und gehörte zur Familie meines Bruders. Wir hatten vereinbart, Suzanne erst auf ihren Schuleintritt hin über ihre Herkunft aufzuklären. Bis zu diesem Zeitpunkt hielt sie mich für ihren Onkel und hatte danach Mühe, mich als ihren Vater zu akzeptieren.

Erst nachdem sie sich entschlossen hatte, wie ihre Mutter Lehrerin zu werden und in Spiez das damals noch bestehende Seminar zu besuchen, fand sukzessive eine Annäherung zwischen uns statt. Wir trafen uns ab und zu in Bern, ich lud sie zum Essen sowie zu Konzert- oder Theaterbesuchen ein und manchmal übernachtete sie sogar bei mir in Bümpliz, wenn sie den letzten Zug ins Oberland nicht mehr erreichen konnte.

Dieses freundschaftliche Verhältnis pflegten wir auch weiter, nachdem sie in Ostermundigen als Lehrerin an die Unterstufe gewählt worden war. Bereits während des Seminars hatte sie sich bei den Jungsozialisten engagiert und an Aktionen von Greenpeace teilgenommen. Ich schätzte es, mit ihr über Gott und die Welt zu diskutieren und bewunderte ihre unabhängige und dezidierte Meinung. Ich war stolz auf sie, als sie in Ostermundigen als jüngstes Mitglied in den Grossen Gemeinderat gewählt worden war und wenn ich in der Zeitung von ihren Vorstössen und politischen Aktionen las. Als sie und Jürg beschlossen hatten, zu heiraten, wurde ich als einer der ersten eingeweiht, und ich verstand mich mit ihrem Mann recht gut. Um so mehr Mühe machte mir das Unverständnis, mit dem die beiden reagiert hatten, als ich ihnen von Brigitte erzählt und ihnen eröffnet hatte, dass ich in die Provence ziehen würde.

***

«Tu es triste?», fragte mich das Ebenbild meiner Tochter unvermittelt und riss mich aus dem grüblerischen Tagtraum.
Sie legte ihre kleine Hand auf meinen Unterarm, sah mich treuherzig an und stellte sich als «Elodie» vor. Ich musste eine ganze Weile in meine Gedanken versunken gewesen sein, denn die Cola-Rum, welche sie bestellt hatte, war bereits leer. Nein, traurig sei ich nicht, antwortete ich, aber müde. Ich bestellte für mich einen zweiten Calva und für sie eine weitere Cola. Zum Dank bekam ich einen Kuss auf die rechte Wange und beim Anstossen unserer Gläser überrumpelte sie mich mit der Frage
«Tu veux faire l'amour avec moi?»

Ich hatte zwar leise geahnt, dass ich es mit einer Prostituierten zu tun hatte, aber irgendwie wollte ich es nicht wahr haben. Vielleicht wegen Elodies Ähnlichkeit mit Suzanne. Trotz ihrer unbestreitbaren Reize und ihrer erotischen Ausstrahlung sah ich in ihr nicht «die Frau», sondern empfand eher eine Art väterliche Gefühle. Ich verzichtete aber, ihr das erklären zu wollen und begründete mein Desinteresse an einem Sexabenteuer mit meiner Müdigkeit. Zudem, schummelte ich, sei ich seit bald vierzig Jahren glücklich verheiratet und hätte kein Bedürfnis, ihre Dienste in Anspruch zu nehmen. Zu meiner Überraschung akzeptierte sie meine Absage und unternahm keinerlei Versuche, mich umzustimmen. Möglicherweise hatte sie meine väterliche Zuneigung gespürt. Jedenfalls war sie es, die plötzlich traurig wurde und mir versicherte, eigentlich sei es auch ihr Traum, eine glückliche Ehe zu führen und Kinder zu haben.

Bisher habe sie ganz einfach den richtigen Mann noch nicht gefunden. Nun habe sie sich in Cassis eine Attikawohnung mit Meersicht gekauft. Sobald sie die Hypothek abbezahlt habe, wolle sie auf einen «anständigen» Beruf wechseln und ein «bürgerliches» Leben führen.

Bei der dritten oder vierten Runde Calva / Coca-Rum begann mir Elodie ihre Lebensgeschichte zu erzählen.

Sie habe eine unglückliche Jugend erlebt. Ihre Mutter sei kurz nach ihrer Geburt bei einem Verkehrsunfall gestorben und ihr Vater sei ein Harki, der sich kaum um sie gekümmert habe. Sie sei deshalb bei ihren betagten Grosseltern, bei den Eltern ihrer Mutter, in Vaugines aufgewachsen und sei auf die schiefe Bahn gekommen, weil sie als zwölfjähriges Mädchen von einem Lehrer missbraucht worden sei, welcher ihr Nachhilfestunden gegeben habe.

***

«Harki? Was bedeutet das?», wollte ich wissen und Elodie klärte mich in einfachen Worten über ein für Frankreich unrühmliches Kapitel auf.

Harkis wurden jene Algerier genannt, welche während des sieben Jahre dauernden Algerienkrieges auf der Seite der Franzosen gegen ihre, von der Nationalen Befreiungsfront – der «Front de Libération National FLN» – angeführten Landsleute gekämpft hatten.

Nach dem 1962 in Evian am Genfersee vereinbarten Waffenstillstand sind gegen eine Million Franzosen und andere Europäer, die so genannten «Pieds-noirs», auf das französische Festland geflohen, wo sie zwar keineswegs mit offenen Armen empfangen, aber wenigstens geduldet worden und vor der Rache der algerischen Sieger verschont geblieben sind.

Die Harkis jedoch sind von der französischen Armee ihrem Schicksal überlassen worden. Tausende sind von ihren muslimischen Landsleuten als Verräter niedergemetzelt worden. Die wenigen, denen die Flucht übers Mittelmeer gelang, hat man in schäbigen Barackenlagern untergebracht. Die französische Staatsbürgerschaft war lange Zeit das einzige Zeichen des Dankes für die verbitterten Harkis geblieben.

Erst vierzig Jahre nach Kriegsende wurde die seinerzeitige Leistung der Harkis durch Jacques Chirac gewürdigt. Der Präsident der Republik entschuldigte sich in aller Form für das miese Verhalten Frankreichs und erklärte den 25. September zum jährlichen Harkis-Gedenktag.

***

Inzwischen hatten wir beide mehr als genug Alkohol konsumiert. Etwas feige nutzte ich einen Toilettenbesuch meiner Gesprächspartnerin dazu, mich aus dem Staub zu machen und ins nahe gelegene Hotel zu verziehen.

Nun war ich schon wieder im TGV. Ich hatte für die kurze Strecke zwischen Avignon und Aix-en-Provence keine Platzreservation und musste stehen. Mein Schädel brummte. Kein Wunder nach all dem Alkohol, den ich gestern in mich hinein geschüttet hatte. Geschah mir vollkommen recht. Würde Brigitte mir die Avignon-Eskapade wohl anmerken oder würde sie mir glauben, dass ich schlicht und einfach von den Anstrengungen der letzten Tage in Bern und von der langen Bahnreise etwas angeschlagen sei?

Mit fast schweizerischer Präzision fuhr der Zug im TGV-Bahnhof von Aix-en-Provence ein, welcher in Wirklichkeit weit ausserhalb des Stadtzentrums von Aix in Les Milles liegt. Das neu erstellte Gebäude überzeugt konzeptionell noch mehr als jenes von Avignon. Mit einer Mischung aus filigraner Leichtigkeit und einer fast verschwenderisch wirkenden Grosszügigkeit ist es den Architekten gelungen, eine überzeugende Symbiose zwischen Technik und Natur zu schaffen.

Nervöser als vor über vierzig Jahren beim ersten Rendez-vous als Konfirmand äugte ich zum Türfenster des einfahrenden Zuges hinaus, um Brigitte, welche mich auf dem Bahnsteig abholen würde, ja nicht zu verpassen. In der wartenden Menschenmenge musste ich sie übersehen haben. Mit giraffenartig gestrecktem Hals sprang ich hinaus, fand aber das mir vertraute Gesicht nicht. Der Bauch des TGV spuckte eine Menschenmenge aus und saugte eine ebensolche wieder in sich auf. Nach den Abschiednehmenden verküssten sich die Begrüssenden, welche in kürzester Zeit lachend oder vor Freude weinend, laut gestikulierend oder in stummer Zufriedenheit zu den Ausgängen strebten. Schliesslich stand ich wie am Vortag in Avignon wieder allein auf dem Perron.

In der Annahme, Brigitte würde mich in der Bahnhofhalle erwarten, stieg ich die Treppen hinunter. Dabei versuchte ich möglichst fröhlich zu wirken. Sie sollte mir weder die durchzechte Nacht noch die kleine Enttäuschung anmerken.

Brigitte war nirgends zu sehen. Ich fand sie weder in der Bahnhofhalle noch vor dem Gebäude. Sie musste sich verspätet haben. Ich hatte mir das Wiedersehen zwar anders vorgestellt, aber ich wollte mir die Vorfreude nicht verderben lassen. Nach einer Viertelstunde Warten setzte ich mich in der Nähe des Ausgangs an einem Schattenplatz auf meine Reisetasche. Von diesem strategisch günstigen Standort aus konnte ich die ankommenden Autos beobachten und würde ihren azurblauen Renault Clio sofort erkennen.

***

«Ist Ihnen nicht gut? Kann ich Ihnen behilflich sein?», fragte mich eine der jungen Bahnhofhilfen, die mir wegen der knallroten Uniformen bereits in den andern französischen Bahnhöfen aufgefallen waren.
«Non, merci», stammelte ich.
Offensichtlich hatte sich das Schlafmanko der letzten Nacht bemerkbar gemacht – ich war eingenickt. Ich wischte mir den hinuntergelaufenen Speichel verlegen

von Kinn und Hals und wiederholte nochmals so selbstsicher wie möglich:
«Non merci. Pas de problème!»

Beim Blick auf meine Omega Seamaster erschrak ich nun aber doch. Ich musste rund drei viertel Stunden vor mich hingedöst haben. Wo nur steckte die sonst pünktliche Brigitte? Vielleicht hatte sie mich übersehen und suchte mich nun auf dem ganzen Bahnhofgelände. Ich sprang auf, hetzte durch die Bahnhofhalle, hinauf auf den Bahnsteig und wieder runter, versuchte mir einen Überblick über den weitläufigen Parkplatz zu verschaffen und landete wieder vor dem Eingang, wo ich fahrlässigerweise eingepennt war. Von Brigitte weit und breit keine Spur.

Höchste Zeit sie anzurufen. Keine Antwort. Nicht einmal der mir vom Vortag her bekannte Text bekam ich zu hören. Dann musste ich halt die Nummer ihres Hausanschlusses herausfinden. An der Bar bestellte ich einen Kaffee und bat den Kellner um Hilfe. Vergeblich. Hier besassen sie nur ein Telefonbuch des Département Bouches-du-Rhône, Cucuron aber liege im Département Vaucluse, wurden Kellner und ich von einem älteren Gast belehrt.

Wenigstens der telefonische Auskunftsdienst funktionierte klaglos und die Dame war sogar bereit, mir die Nummer des auf Brigitte Heinzelmann lautenden Anschlusses langsam und für mich verständlich zu wiederholen. Ich liess es mindestens zwanzig mal klingeln. Auch niemand. Sie würde mir Vorwürfe machen und mir wie Suzanne zum wiederholten Mal erklären, dass ich mir doch endlich auch ein mobiles Telefon zulegen sollte.

Ich machte mir Sorgen. Ob sie wohl eine Panne hatte? Wollte sie mich vielleicht mit meinem bordeauxroten Deux-Chevaux überraschen und war irgendwo stecken geblieben?

Ich hätte ihr nicht nachgeben sollen und ihr meinen 2 CV nicht überlassen dürfen. Sie hatte zwar nicht unrecht, wenn sie behauptete, die grössere Fahrpraxis als ich zu haben und mir auch handwerklich überlegen zu sein. Eine technische Panne sei für sie kein Drama und sie habe schon andere Schwierigkeiten als einen platten Reifen selbst behoben. Triumphierend hatte sie mir dann vor zwei Wochen am Telefon berichtet, sie sei samt meiner paar Habseligkeiten problemlos in der Provence gelandet. Meine fast vierzigjährige «Ente», wie ich meinen Oldtimer liebevoll nannte, sei zuverlässig wie eine unverwüstliche Schweizer Uhr marschiert. Der Citroën-Garagist in Cucuron habe seine helle Freude daran gehabt und ihr für den Service einen echten Freundschaftspreis gemacht.

Um dem Bahnhofpersonal nicht erneut aufzufallen, setzte ich mich ordentlich in der Bahnhofhalle auf eine Bank und versuchte meine Gedanken zu ordnen.

Noch vor drei viertel Jahren hätte ich mir nicht träumen lassen, dass sich mein Leben in so kurzer Zeit derart einschneidend verändern würde.

Als ich damals für eine Besprechung zur Personalchefin der Baudirektion zitiert worden war, hatte ich noch nichts Böses geahnt. Selbstverständlich hatte ich mitbekommen, dass die Regierung daran gewesen war, ein neues Sparpaket zu schnüren. Dass aber ausgerechnet ich davon betroffen sein könnte, damit hatte ich nie und nimmer gerechnet.

«Ich verstehe, dass Sie jetzt etwas geschockt sind», gab sich die junge Personalverantwortliche einfühlsam.
«Wir werden Sie aber begleiten und unterstützen und ich bin überzeugt, dass wir auch für Sie eine zumutbare Lösung finden werden.»

Vermutlich habe ich damals kaum etwas gesagt und nur den Kopf geschüttelt, weil ich nicht glauben wollte, was ich eben gehört hatte. Nach fünfunddreissig Dienstjahren beim Kanton sollte ich plötzlich überzählig sein? Mehr als drei Jahrzehnte lang hatte ich im Auftrag des Vermessungsamtes als Verifikator die Arbeit der Kreisgeometer kontrolliert und den Ruf eines akkuraten, kollegialen, aber unbestechlichen Experten genossen. Und nun hatte irgendjemand entschieden, meine Stelle sei aufzuheben. Ich sei «wegzusparen».

***

Die Tage nach dem Besprechungstermin beim Personalamt fehlten in meinem Gedächtnis. Erst nach etwa einer Woche begann ich zu realisieren, was man mir angetan hatte. Allen Beteuerungen zum Trotz war mir bald einmal klar geworden, dass ich in meinem Alter weder innerhalb noch ausserhalb der Kantonsverwaltung eine neue Stelle finden würde.

Dem Rat eines Bekannten folgend, hatte ich mich schliesslich überwunden, beim Arbeitsamt vorbei zu gehen und meine bevorstehende Arbeitslosigkeit anzumelden. Die Mühlen der Arbeitslosenversicherung hatten damit zu mahlen begonnen. Kurz nach der erfolgten Anmeldung war ich zu einem so genannten «Info-Tag» aufgeboten worden. In einem Schulzimmer in der Schule für Gestaltung wurde ich einen halben Tag lang zusammen mit rund zwanzig andern, mehrheitlich jüngeren «Opfern» über die gesetzlichen Bestimmungen der Arbeitslosenversicherung sowie über meine Rechte und Pflichten als Arbeitsloser informiert und in die Kunst der «Bewerbungstechnik» eingeführt.

Bald darauf hatte das erste «Beratungsgespräch» beim Regionalen Arbeitsvermittlungszentrum, beim so genannten «RAV», an der Laupenstrasse stattgefunden. Hildi Blaser, wie die Beraterin hiess, welcher ich zugeteilt worden war, hatte versucht, mit mir zusammen ein Stellenprofil zu definieren und ein Bewerbungsdossier zu erstellen. Schliesslich liess sie mich eine «Vereinbarung über die persönlichen Arbeitsbemühungen» unterzeichnen und händigte mir eine Beige Formulare aus, welche ich künftig allmonatlich ausfüllen sollte.

Beim Verlassen des RAV war in mir der Entschluss gereift, diesen «Zirkus» nicht mitzumachen. Angesichts der herrschenden Arbeitslosenzahlen hatte ich für mich auf dem Arbeitsmarkt nicht mehr die geringste Chance gesehen. Mit einem gewissen «Wohlverhalten» und dem fleissigen Verschicken von «Pro-Forma-Bewerbungen» hätte ich zwar den Anspruch auf Arbeitslosenentschädigungen «erkaufen» können. Ich hatte aber gefühlt, dass ich diesen nervenaufreibenden und demütigenden Prozess auf die Dauer nicht erlitten und verkraftet hätte.

Ohne langes Abwägen der Vor- und Nachteile hatte ich am Abend nach dem Besuch beim RAV entschieden, mich vorzeitig pensionieren zu lassen. Die guten Leistungen der Bernischen Pensionskasse würden mir zusammen mit den vorhandenen Ersparnissen erlauben, einen unbeschwerten Lebensabend zu geniessen.

***

Im Hochhaus an der Waldmannstrasse war ich ein unauffälliger, pünktlich zahlender Mieter. Stammkunde war ich nur in der Kantine der Baudirektion an der Reiterstrasse und in den Bibliotheken gewesen, aus denen ich im Laufe der Zeit wohl einige Tonnen Bücher nach Hause geschleppt hatte.

Irgendwann war in mir der geheime Wunsch gekeimt, selbst einmal ein Buch zu schreiben. Einen historischen Roman hatte ich mir ausgedacht. Im Mittelpunkt stellte ich mir eine Affäre zwischen einem bernischen Landvogt und der schönen Tochter eines reichen Bauern vor. Die Handlung wäre überschattet vom 1798 erfolgten Einmarsch der Franzosen und dem Untergang des Patriziats. Dem Bauernmädchen würde auch ein französischer Offizier den Hof machen. Nach einer dramatischen Zuspitzung mit einem Duell der beiden Nebenbuhler würde sich die Umworbene in den Selbstmord flüchten.

Im Oktober hatte ich mich entschlossen, nach Frankfurt zur internationalen Buchmesse zu fahren. Dort würde ich sicher Anregungen bekommen, wie man an ein Buchprojekt herangehen sollte, auf was dabei zu achten sei und wie ein Verleger gefunden werden könnte.

***

«Wie lange gedenken Sie zu bleiben?», fragte mich die Dame am Empfang des an der Ludwigstrasse gelegenen «Hotel Premier» lauernd.
Nachdem ich zwischen dem Hauptbahnhof Frankfurt und dem Messegelände bereits bei drei Hotels ein «Besetzt» zur Kenntnis hatte nehmen müssen, wollte ich nichts vermasseln und erklärte, drei Nächte bleiben zu wollen.
«Sie haben Glück, denn eben ist eine Absage eingegangen und ein Zimmer frei geworden – 310 Euro die Nacht mit Vorauszahlung – ist das in Ordnung?», säuselte die geschäftstüchtige Frau und streckte mir das Formular zum Eintragen der Personalien entgegen.
Obwohl das Angebot keineswegs meinem Budget entsprach, hatte ich genickt, ausgefüllt und bezahlt. Später hatte ich im Zimmer einen Anschlag mit dem ordentlichen Zimmerpreis von 90 Euro und dem Hinweis

«Vorbehalten spezielle Messetarife» entdeckt und mich über meine Naivität geärgert.

Von der Grösse der Buchmesse war ich total überwältigt. Verteilt über mehrere riesige Hallen boten tausende von Verlegern ihre neusten Erzeugnisse an. Ziellos schlenderte ich den Ständen entlang und begann am Sinn meiner Frankfurt-Reise zu zweifeln. Doch unvermittelt fiel mein Blick auf ein besonderes Angebot. «Autoren gesucht», stand in grossen roten Buchstaben auf einem Riesenplakat.
«Das ist genau das Richtige für mich», war mein erster Gedanke.
Schnell wurde mir allerdings klar, dass auch dieser Verleger nicht auf mich gewartet hatte. Vielmehr versuchte hier jemand die Tatsache auszunützen, dass allein im deutschen Sprachraum jährlich rund eine Million Menschen hoffen, ein Verleger würde aus ihrem mit Mühe und Fleiss entstandenen Manuskript ein Buch produzieren. Gesucht werden deshalb Autoren, welche bereit und in der Lage sind, dem Verlag das gesamte finanzielle Risiko abzunehmen und den Roman, das Kinderbuch oder den Gedichtband auf eigene Kosten drucken zu lassen.

Gegen Mittag hatte ich mich in eines der zahlreichen Restaurants gesetzt. Weniger wegen des Hungers als vielmehr wegen der bereits müden Beine. Im Messekatalog stiess ich auf ein breites Veranstaltungsprogramm. Im Mittelpunkt standen dabei Lesungen aus Neuerscheinungen. Neben einigen erfolgreichen und bekannten Autorinnen und Autoren wollten hunderte von Unbekannten ihr literarisches Schaffen präsentieren.

Schliesslich beschloss ich, ein Symposium zum Thema «Frauenbild – Männerbild in der modernen Literatur» zu besuchen. Die Wahl dieser Veranstaltung war mehr oder weniger zufällig erfolgt, ganz einfach, weil ich so die Gelegenheit bekam, mich anderswo als in einem Restaurant auszuruhen.

Die Veranstaltung, welche in einem sehr grossen Saal stattfand, aber nur etwa von zwanzig Personen besucht wurde, bewegte sich auf einem intellektuell enorm hohen Niveau.

Basis der Diskussionen war eine Studie über die gleichstellungsrelevanten Leistungen in der deutschen Literatur der letzten Jahrzehnte. Untersucht worden war dabei, welches Frauenbild vermittelt worden war, welches Rollenverständnis dadurch impliziert wurde, wie gross der Anteil von Frauen und Männern unter den Schreibenden und als Akteurinnen und Akteure in der Literatur war.

Ich war nicht überrascht, dass die überwiegend weiblichen Anwesenden mehrheitlich die Situation als völlig unbefriedigend bezeichneten und Gegenmassnahmen forderten. Bei der Berücksichtigung von Frauen und Männern in der Sprache müssten die jungen Autorinnen und Autoren mit gutem Beispiel vorangehen, laute die einhellig vertretene Überzeugung. Dabei genüge eine systematische Anwendung symmetrischer Sprache aber bei Weitem nicht. Nötig seien vielmehr kreative Lösungen, die zeigen, dass sich Wohlklang, Kürze und geschlechtsbewusste Sprache keinesfalls ausschliessen. Zur Förderung einer stärkeren Präsenz von Frauen sollten diese zudem bewusst als intelligente Expertinnen und erfolgreiche Heldinnen dargestellt werden.

Obwohl mich die Materie an und für sich interessierte und ich grundsätzlich gewillt bin, meinen Beitrag zur Geschlechtergleichstellung zu leisten, hatte ich Mühe mit dem mehrheitlich militanten Ton der Diskussion. Da aber ausser mir nur noch ein einziger Mann an der Veranstaltung teilnahm, befürchtete ich, ein allfälliges Verlassen des Anlasses würde als Provokation empfunden. Immerhin wurde ich in Ruhe gelassen und nicht noch aufgefordert, mich zum Thema zu äussern und darzulegen, was ich zur Verbesserung des Frauenbildes zu unternehmen gedenke.

«Sind Sie auch schriftstellerisch tätig?», fragte mich beim Verlassen des Saales eine attraktive, gepflegt wirkende blonde Frau.
Sie war mir schon während der Diskussion, an der sie sich nicht aktiv beteiligt hatte, aufgefallen und ich hatte zwei-, dreimal den Eindruck gehabt, sie würde mich beobachten.
«Schriftstellerisch tätig wäre zu viel gesagt, aber ich möchte tatsächlich versuchen, einen Roman zu schreiben», antwortete ich wahrheitsgetreu und dachte, damit sei das Gespräch beendet.

«Das ist ja spannend», rief sie aus, als ich ihrem Insistieren nachgegeben und ihr meine Romanidee in wenigen Sätzen skizziert hatte.
«Nach dem eben Gehörten müssen Sie aber aus dem Bauernmädchen eine starke Figur machen, welche die beiden Nebenbuhler gegenseitig ausspielt», war sie überzeugt.

Auch sie gehe mit einem Buchprojekt «schwanger», wie sie sich ausdrückte. Sie habe die Idee, in ihrem Buch eine Romanze zwischen einem in der Provence arbeitenden deutschen Koch und einer französischen Haushaltlehrerin mit südfranzösischen Rezepten zu verweben.

Wir fanden beide an der Buchidee des Andern Gefallen. Gemeinsam phantasierten wir die beiden Geschichten weiter und philosophierten unter anderem über die Frage, ob es heute unumgänglich sei, einen Roman mit Bettszenen auszuschmücken und wieweit dabei ins Detail gegangen werden dürfte beziehungsweise müsste. Im Taumel unserer Euphorie hatten wir die Zeit vergessen. Zum ersten Mal hatte ich jemandem mein bis dahin geheimes Projekt verraten. Aus Angst, ich würde ausgelacht, hatte ich vorher dieses Geheimnis für mich behalten.

Spontan hatte ich Brigitte in das neben dem Messezentrum am «Platz der Einheit» gelegene «Ristorante Mediterraneo da cimino» zum Nachtessen eingeladen. Erfreut stellte ich fest, dass die Absicht, ein Buch zu schreiben, bei Weitem nicht unsere einzige Gemeinsamkeit war. Sie kannte nicht nur zahlreiche Bücher, die ich in letzter Zeit gelesen hatte, sondern beurteilte diese auch weitgehend gleich wie ich. Beim Studium der Speisekarte gab sie zu erkennen, praktisch dieselben Vorlieben wie ich zu haben, und wir bestellten ein «Filetto d'Agnello al Rosmarino». Auch das Faible für französischen Rotwein teilten wir.

Ausser mit Monika hatte ich noch nie mit einem Menschen eine derart grosse Übereinstimmung empfunden. Ich fühlte mich froh und wohl wie schon lange nicht mehr. Dabei mag auch der Alkohol eine gewisse Rolle gespielt haben. Dass wir schliesslich in meinem Hotelzimmer landeten, ergab sich fast von selbst.

***

Ich hatte nicht gezählt, wie oft die Wartenden in der Bahnhofhalle gewechselt hatten. Wie bei einer militärischen Wachtablösung nahmen nach jeder Zugsankunft und -abfahrt neue Menschen die Plätze jener ein, deren Wartezeit abgelaufen war. Und bei jeder neuen Schicht konnte ich ähnliche Rollen und Charaktere erkennen. Jene, die wie ein Tiger in seinem Käfig hin und her eilen, und die, welche gelangweilt irgendwo herumhängen. Jene, die in aller Ruhe in ein Buch vertieft sind, und die, welche nervös alle paar Minuten ihre Armbanduhr konsultieren, obwohl sie genau wissen, wie spät es ist.

Nun sass ich bereits seit drei Stunden hier fest. Die gesichtslose Lautsprecherstimme war mir längst vertraut geworden und die immer gleichlautenden Ansagen mit wechselnden Zugsnummern und Fahrzeiten kannte ich bereits in- und auswendig. Nach einem erneuten erfolglosen Versuch, Brigitte telefonisch zu erreichen, entschloss ich mich zum Handeln.

Die Taxi-Chauffeuse schaute mich zuerst unsicher an, als ich mein Fahrziel nannte, einen kurzen Moment schien sie zu überlegen, ob sie wohl meine Zahlungsfähigkeit prüfen sollte, doch dann legte sie ein freundliches Lächeln auf und bat mich einzusteigen.

***

Damals bestellte Brigitte im Morgengrauen aus meinem Hotelzimmer ebenfalls ein Taxi. Sie erzählte mir, in Frankfurt bei einer Bekannten zu wohnen, bei der sie keinen allzu schlechten Eindruck hinterlassen wolle. Ich hatte ihr vom Bett her zugeschaut, wie sie sich angezogen hatte. Im Moment, als sie sich nur mit Slip und BH bekleidet zu mir umgedreht hatte, war mir bewusst geworden, dass sie mir nicht nur auf Anhieb unwahrscheinlich sympathisch war, sondern dass sie mir auch als Frau gefiel.

Sie würde am frühen Nachmittag zurück nach Marseille fliegen und sich in der folgenden Woche wieder melden, versprach sie. Ihr Taxi war bereits vor dem Hotel vorgefahren und der Chauffeur hatte schon zweimal ungeduldig gehupt. Trotz der Unterhose, welche ich in der Zwischenzeit angezogen hatte, kam ich mir nackt vor, und ich wagte kaum, sie zum Abschied richtig in die Arme zu nehmen und ihr mit einem vorläufig letzten Kuss meine Gefühle zu zeigen. Fast fluchtartig war sie verschwunden.

***

Auf die in solchen Situationen üblichen Fragen der Taxi-Chauffeuse nach dem Woher und Wohin antwortete ich knapp und ausweichend. Auch über das Wetter mochte ich mich mit ihr nicht eingehend unterhalten. Statt eine belanglose Konversation zu pflegen, hielt ich längs der Fahrstrecke nach einem azurblauen Renault Clio oder einem bordeauxroten 2 CV Ausschau. Jedes Mal wenn ich irgendwo ein Auto der Gendarmerie oder einen Ambulanzwagen entdeckte, zogen sich meine Magenmuskeln zusammen.

«Offensichtlich befürchten Sie, dass der Person, welche Sie am Bahnhof hätte abholen sollen, ein Unfall zugestossen ist», unterbrach die Fahrerin unvermittelt die Ruhe nach einer längeren Redepause.
Ich war perplex und muss ziemlich dümmlich dreingeschaut haben. Sie hätte mich schon am früheren Nachmittag vor dem Bahnhofeingang gesehen, erläuterte sie mit der Miene der Mutter, welche das Kind vor der offenen Biskuitbüchse überrumpelt. Nun sei ihr aufgefallen, wie ich angestrengt hinausgeschaut und auf Polizei- und Krankenwagen reagiert hätte.

Sie hatte meine in diesem Moment empfindliche Stelle getroffen. Während der nachmittäglichen Warterei war in mir ein regelrechter Überdruck entstanden und nun, nach dem Öffnen des Ventils, machte ich dankbar von der gebotenen Möglichkeit Gebrauch, Dampf abzulassen. Wie eine alte Plaudertasche erzählte ich ihr von Brigitte, unseren Plänen und meiner Angst, es sei ihr etwas zugestossen. Die Chauffeuse, welche ich knapp über zwanzig Jahre alt schätzte, hörte mir wie eine lebenserfahrene Frau geduldig zu und versuchte mich zu beruhigen. Sicher werde sich alles klären, sobald wir in Cucuron angekommen seien, meinte sie auf eine mütterliche Art.

Kurz vor Pertuis hatten wir die Autobahn verlassen. Mir war aufgefallen, wie sie die vom Feierabendverkehr verstopfte Stadt geschickt auf Schleichwegen umfuhr. Sie stamme aus der Nähe und verdiene sich ihr Psychologiestudium mit dem Taxifahren, beantwortete sie meine Frage, bevor ich diese ausgesprochen hatte. Die Frau war nicht nur bildhübsch, sondern auch noch intelligent und schien Gedanken lesen zu können.

Wir näherten uns Ansouis, einem kleinen Dorf, dessen Häuser rund um einen Hügel angeordnet sind, auf dessen höchstem Punkt ein unübersehbares Schloss thront. In den letzten Monaten hatte ich etliche Reise- und Fotobücher studiert und erkannte nun die verinnerlichten Bilder wieder. Ich hatte mir ausgemalt, wie ich Brigitte mit meinen aus der Literatur erworbenen Geographie- und Ortskenntnissen überraschen würde. Das musste nun auf später verschoben werden.

Am Dorfeingang von Cucuron liess ich anhalten. Den verlangten Betrag rundete ich grosszügig auf und bat um eine Visitenkarte. Mit einem «Vielleicht bin ich wieder einmal auf ihre Dienste angewiesen», verabschiedete ich mich und war mir dabei nicht so sicher, ob ich mir dies wünschen sollte oder nicht.

Ich ging am Friedhof vorbei. Auf dem Platz hinter der Friedhofmauer frönten ein paar Männer dem provenzalischen «Nationalsport», sie waren in eine Pétanque-Partie vertieft. Als ich auf den Ersten zuging, um mich nach Brigitte beziehungsweise nach dem Weg zu deren Haus zu erkundigen, verstummte der vielstimmige Disput wie auf Kommando, und wie mit einer Stimme kam die Antwort
«La belle blonde? Mais bien sûr!»

Ihre Beschreibung war derart präzise, dass ich den Weg mühelos fand. Von Weitem entdeckte ich den azurblauen Renault Clio, welcher im Autounterstand des knapp ausserhalb des Dorfes gelegenen Hauses parkiert war. Den bordeauxroten 2 CV jedoch sah ich nirgends, womit mein Verdacht zur Gewissheit wurde. Brigitte hatte sich für den 2 CV entschieden und war damit irgendwo zwischen Cucuron und Aix stecken geblieben. Ich hatte sie auf die Pannenanfälligkeit meiner «Ente» hingewiesen, aber sie hatte meine Warnung nicht ernst genommen.

Ich ging auf die Türe zu und betätigte die Hausklingel. Niemand. Ich drückte auf die Türfalle. Die Türe gab nach. Brigitte hatte mir erzählt, sie würde nur bei länger dauernden Abwesenheiten abschliessen und selbst nachts die Haustüre unverschlossen lassen. In Cucuron sei eben die Welt noch in Ordnung. Man kenne einander und Einbrüche kämen kaum vor.

Zögernd öffnete ich die Haustüre und trat in eine kleine Diele, welche in ein grosses helles Wohnzimmer führte, dessen geschmackvolle Einrichtung mich positiv beeindruckte. Dahinter lagen linkerhand eine geräumige Küche und rechterhand ein gemütliches Esszimmer. Nachdem ich die erste Zurückhaltung überwunden hatte, wagte ich mich auch noch in das Obergeschoss des bescheidene Ausmasse aufweisenden Hauses. Durch die offen stehenden Türen erblickte ich zwei Schlafzimmer und ein grosszügig konzipiertes Bad. Das ganze Haus strahlte eine behagliche Gemütlichkeit aus. Wären meine Gedanken nicht dauernd bei Brigitte und deren ungewissem Verbleib hängen geblieben, hätte ich mich auf Anhieb heimisch gefühlt.

Zurück im Wohnzimmer setzte ich mich in einen Sessel und fragte mich, wie die skurrile Situation zu beurteilen sei. Ich befand mich in einem fremden Haus, wartete auf dessen Besitzerin, hatte aber keine Ahnung, wo diese steckte und wie ich diese erreichen konnte. Auf einem kleinen Sekretär in der vorderen Zimmerecke stand ein moderner Telefonapparat. Ohne mir grosse Erfolgschancen auszurechnen, wählte ich Brigittes Handynummer, welche ich im Verlaufe des Tages längst auswendig gelernt hatte. Keine Antwort.

Neben dem Telefon lag ein kleines Büchlein mit verschiedenen Adressen und Telefonnummern. Mit schlechtem Gewissen blätterte ich darin. Enttäuscht stellte ich fest, dass ich darin weder unter S wie Schneider noch unter R wie Robert aufgeführt war. Ich fand keinen Hinweis, wen ich anrufen könnte, um mich nach Brigitte zu erkundigen.

***

Eigentlich wusste ich sowieso nicht viel über Brigitte. Das hatte mir Suzanne bei unserem letzten gemeinsamen Mittagessen mit einer Unerbittlichkeit vorgehalten, wie ich sie bei ihr nie zuvor erlebt hatte.
«Was ist mit ihrer Familie?»,
«Leben ihre Eltern noch?»,
«Hat sie Geschwister?»,
«War sie verheiratet?»,
«Hat sie Kinder?»,
«Was hat sie für eine Ausbildung?»,
«Wie sind ihre finanziellen Verhältnisse?»,
«Wie bestreitet sie ihren Lebensunterhalt?».
Mit diesen und hundert weiteren Fragen hatte sie mich bombardiert und durchlöchert. Ich musste mir eingestehen, die meisten Antworten nicht zu kennen.

Wir hatten uns im Rosengarten verabredet. Das Restaurant liegt nur ein paar Schritte von meinem ehemaligen Büro entfernt und war auch für sie von Ostermundigen her mit dem Bus Nummer 10 der städtischen Verkehrsbetriebe leicht erreichbar. Ich war absichtlich etwas früher hingegangen, um einen Platz auszuwählen, von dem aus ich den Weg beobachten konnte, welcher von der Laubeggstrasse her durch den Rosengarten führt. Als ich meine Tochter kommen sah, wurde mir bewusst, wie stark sie jetzt Monika glich.

Suzanne war eine reife Frau geworden. Sie hatte jetzt praktisch das Alter, in dem ihre Mutter sie geboren hatte, und sie hatte denselben eleganten Gang und dieselbe attraktive Figur – vielleicht etwas mehr Busen. Heute hatte sie die dunkelbraunen Haare zu einem tiefliegenden Chignon zusammen gebunden, wie es auch Monika ab und zu getan hatte.

Nach der heftigen Auseinandersetzung, welche ich zwei Wochen zuvor wegen meiner Zukunftspläne mit Suzanne und ihrem Ehemann gehabt hatte, war während zehn Tagen «Funkstille» angesagt. Nachdem ich die bedrückende Situation nicht mehr hatte ertragen können, hatte ich sie angerufen und ihr das Treffen im Rosengarten vorgeschlagen. Ich wollte mit ihr die Angelegenheit nochmals in aller Ruhe besprechen.

Suzanne wünschte nur einen Salatteller und ein Glas Mineralwasser. Ich liess es mir nicht nehmen, zum Tagesmenü, welches aus grünem Salat, Kalbsvoressen und Kartoffelstock bestand, einen Zweier Dôle zu bestellen. Bis zum Kaffee waren wir auf belanglose Gesprächsthemen ausgewichen. Sie klagte über die Belastung der Ende Schuljahr anstehenden Schülerbeurteilung und schilderte mir, wie sie versuche, diese den fremdsprachigen Eltern zu erklären, welche wie alle Eltern auf der Welt hofften, dass ihre Kinder es einmal besser haben würden. Für ihre Verärgerung über die infolge der Sparmassnahmen beim Kanton immer grösser werdenden Klassen zeigte ich Verständnis, schliesslich war ja auch ich beim Vermessungsamt ein «Opfer» dieses Spardrucks geworden.

Damit waren wir beim Thema angekommen. Ich hatte mir vorgenommen, Suzanne in aller Ruhe darzulegen, dass mein Entschluss reiflich überlegt sei und nichts mit einem Schnellschuss zu tun habe, wie Jürg mir vorgeworfen hatte. Ich wollte ihr vorrechnen, dass mich das Leben in der Provence erheblich billiger zu stehen komme und keine Gefahr bestehe, dass sie jemals für meinen Lebensunterhalt aufkommen müssten. Meine Frage, ob Jürg und sie vielleicht Angst hätten, die potenzielle Erbschaft könnte kleiner ausfallen, trieb ihr das Blut ins Gesicht.

Noch nie war ich bei ihr einem derart strengen Blick begegnet und als sie mich ins Kreuzverhör nahm, war ich kaum fähig, mich zu verteidigen.
«Vater, du tust uns Unrecht! Wir wollen dir nicht dreinreden, aber wir befürchten, dass du eine Dummheit machen könntest. Wir wären gerne bereit, vorübergehend zu deiner Wohnung in Bümpliz zu schauen, wenn du vorläufig nur probehalber in die Provence ziehen würdest.»

***

Der elektronische Ding-Dong-Rufton des Telefonapparates auf dem Sekretär riss mich aus meinen Gedanken. Endlich! Das musste Brigitte sein, welche ihre baldige Rückkehr ankündigen würde. Bevor ich den Hörer ab-

hob, hielt ich kurz inne. Und wenn der Anruf von der Gendarmerie oder aus einem Spital kam?
Dummes Zeug.
Ich hob ab.
«Hallo?»
Keine Antwort.
«Hallo, Schneider chez Heinzelmann», stammelte ich.
Nach weiteren Sekunden der Stille meldete sich eine verärgerte Männerstimme, welche irgendetwas brummte, das wie «falsch verbunden» tönte.
Ohne den Versuch einer Entschuldigung wurde die Leitung unterbrochen.

Neun Uhr vorbei und immer noch keine Nachricht von Brigitte. Sollte ich die Polizei anrufen, um eine Vermisstenanzeige aufzugeben? Ich entschloss mich zum Weiterwarten, spähte zum wiederholten Male zum Fenster hinaus auf die Einfahrt und setzte mich wieder.

***

Eine ähnliche Unruhe – allerdings ohne das bedrückende Element der Angst – hatte ich in mir nach dem ersten Zusammentreffen mit Brigitte gespürt. Instinktiv war ich mir bewusst geworden, dass an diesem sonst unauffälligen Oktobertag zum dritten Mal in meinem Leben eine totale und folgenreiche Wendung eingeleitet worden war.

***

Zum ersten Mal war mir das an jenem 1. August passiert, an dem ich Monika kennen gelernt hatte. Dabei war ich richtig wütend geworden, als sie plötzlich mit Kaspar und dessen Schwester Rosemarie in Bern auf dem Bahnperron stand, wo wir den ersten Zug Richtung Oberland nehmen wollten. Kaspar, mit dem ich während und nach unserem Studium an der Ingenieurschule in Basel etliche Wände durchstiegen und Gipfel erklommen hatte, wusste ganz genau, dass ich kaum etwas so ablehnte, wie mit jemandem eine anspruchsvolle Tour zu unternehmen, ohne sich zuvor bei einfacheren Routen kennen gelernt zu haben.

Am Telefon hatte er nur seine Schwester erwähnt, deren bergsteigerischen Fähigkeiten ich kannte und mit der ich mir hätte vorstellen können, sogar mehr als gemeinsame Touren zu unternehmen.
«Das ist Monika. Sie gibt auch in Ittigen Schule. Ihr werdet euch sicher verstehen», hatte mir Rosemarie mit der für sie typischen Unbekümmertheit die Neue vorgestellt und getan, als ob sie meinen Ärger nicht bemerkt hätte.
Mir war die Vorfreude auf den Mönch vergangen. Während der Zugfahrt hatte ich mich mürrisch in die Reclame-Taschenbuch-Ausgabe von Bölls «Ansichten eines Clowns» vertieft, die ich zum Glück im letzten Moment in den Rucksack gesteckt hatte.

Für den Weg über den Firn vom Jungfaujoch bis zum Beginn des Aufstiegs hatten wir die beiden Frauen zwischen uns ans Seil genommen. Ich bildete den Schluss. Bereits beim Anseilen hatte ich bemerkt, dass Monika keine blutige Anfängerin war, und während des Überquerens des Gletschers stellte ich beruhigt fest, dass sie das Seil aufmerksam führte und kaum im Schnee schleifen liess.

Dass wir für den Aufstieg zwei Zweierseilschaften bilden würden, war keine Frage. Als jedoch Kaspar entschied, ich sollte Monika ans Seil nehmen, stieg in mir der Ärger erneut auf. Zu gerne wäre ich Rosemarie bei dieser Gelegenheit etwas näher gekommen. Später haben wir uns oft gefragt, warum ich mich damals ohne Widerspruch gefügt hatte.

Monika entpuppte sich als hervorragende Kletterin. Auf Fels und Eis war sie trittfest und ich hatte schnell einmal gemerkt, dass sie meine Ratschläge nicht nötig hatte. Als ich im letzen steilen Schneefeld kurz einhielt, um eine Verschnaufpause einzuschalten, drehte ich mich nach ihr um und glaubte trotz ihrer Gletscherbrille einen Zuneigung ausstrahlenden Blick zu empfangen. Beim Erreichen des 4099 Meter hohen Gipfels liess sie es nicht beim unter Bergleuten üblichen Handschlag bewenden, sondern fiel mir um den Hals und überrumpelte mich mit einem innigen Kuss. In diesem Moment wusste ich, dass in meinem Leben eine neues Kapitel begonnen hatte.

Bereits kurz nach Mittag waren wir zurück auf der Kleinen Scheidegg und ich schlug vor, zu Fuss hinunter nach Grindelwald zu steigen. Mir war es recht, dass Kaspar und Rosemarie zurück nach Bern wollten, um den Rest des Nationalfeiertages in der Stadt zu verbringen. Als wir oberhalb von Alpiglen in den Alpenrosen den Gipfelkuss ausgiebig wiederholt hatten, vernahm ich von Monika, dass sie seit Jahren mit ihrem in Grindelwald als Bergführer tätigen Onkel Bergtouren unternommen hatte und bereits im Jahr zuvor auf dem Gipfel des Mönchs gestanden war.

Von da an waren wir ein unzertrennliches Paar. Jede sich bietende Gelegenheit haben wir genutzt, um gemeinsame Touren in die geliebten Berge zu unternehmen. So lag es auf der Hand, dass wir unsere Verlobung im Rahmen einer Tschingelhorn-Breithorn-Tour auf dem Petersgrat feierten und anschliessend in der Muthornhütte begossen. Die Hochzeit allerdings fand konventionell statt, in der Kirche von Oberried am Brienzersee, die ich seinerzeit vermessen hatte. Kaspar, welcher in der Zwischenzeit vollberuflich Bergführer geworden war, überraschte uns mit einem Gutschein für eine Tour über den Mittellegigrat auf den Eiger, auf der Route also, deren Erstbesteigung seinerzeit dem nachmaligen Regierungsrat Samuel Brawand gelungen war.

***

Warum nur dachte ich dauernd an Monika und Suzanne, während ich hier der Verzweiflung nahe auf Brigitte wartete? Hatte es vielleicht etwas mit den verschiedenen Schicksalsschlägen in meinem Leben zu tun?

Vom nahen Kirchturm her schlug es zehn. Ich erhob mich zum hundertsten Mal, warf einen Blick aus dem

Fenster, zündete das Licht an und ging in die Küche. Im Brotkorb lag eine Baguette, die mir noch relativ frisch erschien. Der Kühlschrank war neu aufgefüllt. Zuoberst entdeckte ich eine ovale Steingutterrine mit einer offensichtlich selbst gemachten, angeschnittenen Pâté. Obwohl mir eigentlich nicht ums Essen war, schnitt ich mir ein Stück davon ab und machte mir damit ein Sandwich. Sogar an das Bier hatte Brigitte gedacht und in Rücksicht auf meine Abneigung gegenüber Aluminiumdosen ein paar Fläschchen «1664» kühl gestellt.

Ich löschte das Licht und setzte mich an den Esstisch, wo es dank des fast vollen Mondes ausreichend hell war. Trotz Hunger und Durst musste ich Sandwich und Bier regelrecht hinunter würgen. Dabei fiel mir auf, dass die Grillen, deren eindringlicher Gesang bei meiner Ankunft trotz geschlossener Fenster den Raum erfüllt hatte, verstummt waren. Die fast vollständige Stille bedrückte mich. An der Fassade des wenige Meter entfernten Autounterstandes entdeckte ich im Schein der Wandlampe zwei Eidechsen, welche auf dem warmen Verputz hin und her schossen, um ab und zu blitzschnell nach einer Mücke zu schnappen.

Ich ging zurück ins Wohnzimmer, stellte den Sessel so vor das Fenster, dass ich die im Dunkeln liegende Zufahrt sitzend überblicken konnte. Gleichzeitig nahm ich das Telefon vom Sekretär neben mich, um dieses bei einem allfälligen Anruf in Griffnähe zu haben.

***

Auch nach der Rückkehr aus Frankfurt hatte ich das Telefon in meiner Zweizimmerwohnung ständig vom Wohnzimmer ins Schlafzimmer und zurück gezügelt, damit ich Brigittes sehnlichst erwarteten Anruf ja nicht verpassen würde.

Ganze zehn Tage hatte sie mich schmoren lassen, aber ich war mir sicher, dass sie anrufen würde. Endlich, Mittwoch kurz nach neun Uhr, war es so weit. Sie habe viel über uns zwei nachgedacht und sei sich auch nach diesen Tagen der Trennung sicher, dass sie mich wiedersehen müsse. Mir gehe es ebenso, versicherte ich, aber bei der grossen Distanz, welche zwischen unseren Wohnorten lägen, frage ich mich ernsthaft, wie es weitergehen solle. Das sei auch der Grund, dass sie mit Anrufen gezögert habe. Nun habe sie sich entschlossen, das kommende Wochenende bei mir in Bern zu verbringen.

Aus dem Wochenende sind dann volle drei Wochen geworden. Drei Wochen voller Glück und Wonne. Brigitte hatte meine zeitweilig eingeschlafenen Lebensgeister wieder geweckt. Ich zeigte ihr die Stadt Bern und wir machten stundenlange Spaziergänge. Besonders von der Altstadt und von der Aare war Brigitte begeistert. Sie erwies sich als ausgezeichnete Köchin und verwöhnte mich mit einigen der Rezepte, welche sie in ihr Buch aufnehmen wollte.

Obwohl sie nur fünfzehn Jahre jünger war als ich, hatte ich mich gefragt, ob meine Potenz ihren Ansprüchen wohl noch genügen würde. Abgesehen von ein paar oberflächlichen Affären und ein paar enttäuschenden Besuchen in Massagesalons, war ich nach Monikas Tod beinahe zum Einsiedler geworden. Vielleicht war es Nachholbedarf, vielleicht war es Brigittes ansteckende Lebensfreude. Jedenfalls war aus mir unmittelbar ein aktiver und ausdauernder Liebhaber geworden.

Am Tag vor ihrer Abfahrt hatte ich sie bei föhnigem Fernsichtwetter zum Nachtessen auf den Gurten eingeladen. Beim anschliessenden Spaziergang besiegelten wir in weinseliger Stimmung auf einer einsamen Bank, was wir beide längst im Stillen gefühlt hatten. Wir wollten den Rest des Lebens zusammen verbringen. Ich war glücklich wie seit langem nicht mehr. Dabei ertappte ich mich mit schlechtem Gewissen, an Monika zu denken und das «Vermächtnis vom Gurten» mit der Verlobung auf dem Petersgrat zu vergleichen.

***

Als das Zimmer plötzlich hell erleuchtet wurde, war ich augenblicklich zurück in der Gegenwart und sprang auf. Ein Auto fuhr über den Gartenweg auf das Haus zu. Ich rannte zur Haustüre und riss diese auf. Vom Scheinwerferlicht geblendet, konnte ich weder Fahrzeug noch Insassen erkennen.

«Gendarmerie!»
Gleichzeitig sprangen zwei Gendarmen aus dem wenige Meter vor dem Haus stehenden Polizeifahrzeug, als hätten sie den Auftrag, einen Bankräuber zu überwältigen.

«Monsieur Ssneeder?»
«Oui.»

Ich zündete das Licht vor der Eingangstüre an und bat sie ins Haus. Anscheinend waren sie schnell einmal von meiner Harmlosigkeit überzeugt. Als ich jedoch gleichzeitig tausend Fragen stellen wollte, machten sie mir wortlos klar, dass es im Moment nicht an mir sei, hier Fragen zu stellen.

Immerhin teilten sie mir mit, «Madame Hennsellmann» sei in der vorangegangenen Nacht im Luberon mit einem bordeauxroten 2 CV verunfallt und liege im Spital im nördlich des Luberon gelegenen Apt. Im Unfallwagen mit schweizerischem Kennzeichen sei der auf meinen Namen lautende Fahrzeugausweis aufgefunden worden, doch hätten die Abklärungen in Bern ergeben, dass der Ausweis eine falsche Adresse enthalte beziehungsweise, dass ich anscheinend gar nicht mehr in Bern angemeldet sei. Erklärungen meinerseits wollten sie nicht hören, einzig die Bestätigung, dass ich der Eigentümer des bordeauxroten 2 CV sei.

Ich war erleichtert, als sie davon sprachen, nun direkt nach Apt ins Spital zu fahren. Sein Kollege werde im Moment hier im Haus bleiben, erklärte mir jener der beiden, der offensichtlich der Chef war. Der Fahrer des Polizeiwagens hatte diesen in der Zwischenzeit gewendet und draussen vor dem Haus gewartet. Er öffnete die Schiebetüre des kastenwagenähnlichen Fahrzeuges und bedeutete mir einzusteigen. Als wir losfuhren, stellte ich etwas irritiert zwischen der Fahrerkabine und mir eine feste Abtrennung fest, welche nur ein kleines vergittertes Glasfenster aufwies. Ich war mir selbst überlassen und konnte mangels Aussenfenster auch nicht mitverfolgen, wo wir hinfuhren.

Die Strecke schien jedenfalls recht kurvenreich zu sein. In mir und um mich herum begann sich alles zu drehen.

Ich versuchte mich zu konzentrieren und die Dinge zusammen zu reimen. Brigitte war also bereits tags zuvor verunfallt. Deshalb war sie natürlich auch nicht in der Lage gewesen, nach Aix zu fahren, um mich dort am Bahnhof abzuholen. Über den Grad der Verletzung hatten die Gendarmen nichts verlauten lassen. Dass Brigitte meine Anrufe nicht abgenommen hatte, deutete ich als Zeichen einer eher schweren Verletzung. Vielleicht war ihr aber das Telefon beim Unfall ganz einfach abhanden gekommen. Oder kam mir die Aufgabe zu, die Verunfallte zu identifizieren? Augenblicklich versuchte ich solche Gedanken wieder zu verscheuchen.

Die Fahrt schien ewig zu dauern. Immerhin bemerkte ich, dass wir nicht mehr aufwärts, sondern hinunter fuhren – ein Zeichen dafür, dass wir den Luberon bereits überquert hatten. Erst jetzt wurde mir bewusst, dass die Gendarmen sich nicht klar über den Zweck der Fahrt nach Apt geäussert hatten. Wurde ich wohl absichtlich im Ungewissen gelassen?

Endlich hielt der Wagen an. Mit war kotzübel. Wie aus der Ferne vernahm ich, dass die Türen der Fahrerkabine geöffnet und wieder zugeschlagen wurden. Dann ging die Schiebetüre auf und ich wurde aufgefordert auszusteigen. Ich war ganz benommen, stolperte hinaus, hielt mich an einem Kandelaber fest und musste mich übergeben.

Die Gendarmen zündeten sich Zigaretten an und gaben mir Zeit, mich zu erholen. Ich war noch nicht wieder richtig zu mir gekommen, als ich bemerkte, dass wir nicht zum Haupteingang des Spitals, sondern zu einem seitlichen Anbau gefahren waren. Plötzlich wurde der verdrängte Verdacht zur beklemmenden Gewissheit.

In Begleitung der beiden Gendarmen taumelte ich auf den Nebeneingang zu. Nach kurzem Klingeln meldete sich am Türlautsprecher eine metallene Stimme und der automatische Türöffner wurde betätigt. Wir traten in einen hell erleuchteten Raum, in dem wir von einem hünenhaften Mann erwartet wurden. Der Typ trug eine grau-grüne Arbeitskleidung, weisse Stiefel, eine milchigweisse Gummischürze und Plastikhandschuhe. Sein fast quadratisches Gesicht mit kahl rasiertem Schädel hatte etwas Abweisendes an sich, das noch durch eine Sonnenbrille verstärkt wurde, welche keinen Blick in seine Augen zuliess. Dazu kaute er andauernd motorisch auf einem Kaugummi herum.

Ohne ein Wort forderte er uns mit einem Kopfzeichen auf, ihm zu folgen. Nach wenigen Metern auf dem langen Gang öffnete er eine der beidseitig angeordneten nummerierten Türen, drehte den Lichtschalter und liess uns eintreten. Auf das Zeichen eines meiner Begleiter ergriff er das über die Leiche gezogene weisse Tuch und gab den Blick auf das darunter liegende Frauengesicht frei. Obwohl ich das Gefühl hatte, mir würde jeden Moment der Boden unter den Beinen weggerissen, war ich erstaunlich gefasst.

Brigitte lag da, als ob sie schliefe. Über der rechten Schläfe prangte zwar ein grosses Pflaster und am Hals fiel mir ein breiter Bluterguss auf, aber ihre Gesichtsmuskeln waren entspannt. Irgendwie strahlte sie sogar etwas Friedliches aus.

Die Gendarmen waren in höflicher Zurückhaltung an der Türe des Aufbahrungsraumes stehen geblieben und liessen mir Zeit. Als ich mich zu ihnen umdrehte, schauten sie mich wortlos aber fragend an.

Ich nickte.

Sie führten mich in einen kleinen Nebenraum, in eine Art Büro. Endlich konnte ich mich setzen und erhielt das Glas Wasser, nach welchem ich gebeten hatte. Sie erklärten mir fast entschuldigend, sie würden mich einen Moment allein lassen, bevor wir noch einige für sie wichtige Fragen zu beantworten und ein paar unumgängliche administrative Dinge zu erledigen hätten.

Ich wollte laut hinaus schreien, aber die Schreie blieben mir im Hals stecken. Obwohl ich das Gefühl hatte, vor Schmerz zerrissen zu werden, blieben meine Augen trocken. Dann begann ich, mir einzureden, das eben Erlebte und Gesehene habe nichts mit der Wirklichkeit zu tun und es handle sich nur um einen fürchterlichen

Albtraum, aus dem ich Mühe hätte, zu erwachen. Ich wollte ganz einfach nicht glauben, dass mir der Tod zum zweiten Mal mein Glück zerstört hatte.

Vor meinem inneren Auge sah ich immer noch das friedliche, fast lächelnde Gesicht der Toten. Plötzlich schien sich dieses jedoch zu verziehen und zu verformen und ich schaute nicht mehr in Brigittes Antlitz, sondern in dasjenige von Monika. Auch ihr hatte man weder Angst noch Schrecken angesehen, als sie im Spital Interlaken aufgebahrt gewesen war. Ich rieb mir die Augen und raufte mir die Haare. Dann zuckte ich wegen eines stechenden Schmerzes in meiner linken Hand zusammen und ertappte mich, dass ich mich in meiner Verzweiflung selbst gebissen hatte.

Nach der auch aus sprachlichen Gründen beschwerlichen Ausfüllerei der tausend Formulare – ich hatte bisher fälschlicherweise gemeint, nur in der Schweiz gebe es für jede mögliche und unmögliche Gelegenheit ein Formular – fuhren wir auf den Polizeiposten nach Bonnieux, welcher anscheinend für den Fall zuständig war.

Der Postenchef erklärte mir, dass die Polizei verpflichtet sei, bei jedem unnatürlichen Todesfall alle Eventualitäten – Unfall, Selbstmord oder Gewaltanwendung durch Drittpersonen – zu untersuchen. Er komme deshalb nicht umhin, mir einige Fragen zu stellen. Er machte mich auch auf das Recht aufmerksam, sämtliche Aussagen, welche über meine Personalien hinaus gingen und mich allenfalls belasten könnten, zu verweigern.

Obwohl die Gedanken in meinem Kopf Karussell fuhren und ich auf einmal zum Umfallen müde war, nickte ich verständnisvoll und gab ihm zu verstehen, ich sei gewillt, ihm zu sagen, was ich wüsste. Allerdings hatte ich nicht mit einem regelrechten Kreuzverhör gerechnet, wie es in der Folge auf mich einprasselte. Dabei stellte der Chef die meisten Fragen selbst, während der zweite Gendarm auf einem Laptop meine Aussagen protokollierte.

Zuerst ging es um den bordeauxroten 2 CV. Wann, wo, von wem und zu welchem Preis ich diesen gekauft hätte. Warum und seit wann Madame Heinzelmann diesen Wagen gefahren habe. Wann und wo der letzte ordentliche Service ausgeführt worden sei. Welche grösseren Reparaturen in den letzten Monaten angefallen seien und wer diese vorgenommen habe.

Erst danach folgten die persönlichen Fragen. Ich musste jede Einzelheit meines Lebenslaufes preisgeben und vor allem meine Beziehung zu Brigitte detailliert erläutern.

Wann wir zum letzten Mal zusammen gewesen seien, wann wir in den letzten Tagen miteinander telefoniert hätten und um was es bei diesen Telefongesprächen gegangen sei.

Zu meiner Überraschung musste ich zu Protokoll geben, wie ich die letzten 48 Stunden verbracht hatte. Wenn die Beiden eine Lücke zu entdecken glaubten, hakten sie nach und versuchten jede Begebenheit minutengenau und detailgetreu aus mir heraus zu holen.

Schliesslich sollte ich über Brigitte Auskunft geben, musste aber bei den meisten Fragen passen, was die Beiden stirnrunzelnd zur Kenntnis nahmen und dazu veranlasste, vielsagende Blicke zu tauschen.

Die Befragung wurde unterbrochen, als ein weiterer Gendarm eintrat und das Protokoll über die offenbar bei Brigitte vorgenommene Hausdurchsuchung ablieferte. Der Polizeioffizier überflog das mehrseitige Dokument, schüttelte mehrmals den Kopf und stellte schliesslich zusammenfassend fest:
«Keine auffällige Versicherungspolice! Kein Testament! Kein Abschiedsbrief!»

Ich war am Ende meiner psychischen und physischen Kräfte und erbat mir eine Pause.
«Nur noch zwei Fragen», gab mir der Chef entgegenkommend zu verstehen und betrachtete mich mit einem gleichzeitig lauernden und gelangweilten Blick.

«Hatte Madame Heinzelmann Ihres Erachtens Anlass, Selbstmord zu begehen?»
«Hat sich Madame Heinzelmann Ihnen gegenüber in letzter Zeit dahingehend geäussert, dass sie sich bedroht fühlte oder dass sie konkret von jemandem bedroht wurde?»
Auf diese Fragen war ich nicht gefasst. Die Gendarmen hatten doch bei ihrem Eintreffen in Cucuron und auch im Spital stets von einem Unfall gesprochen. Waren

irgendwelche Indizien aufgetaucht, welche auf einen gewaltsamen Tod schliessen liessen?

«Routinefragen», vernahm ich trotz eines dröhnenden Sausens in meinen Ohren die mir plötzlich höchst unsympathische Stimme des Polizeioffiziers.
«Nein! Nein! Nein!», schrie ich und dann nochmals «Non! Non! Non!»

Ich stand der Erschöpfung nahe, fiel in die Lehne des unbequemen Metallsessels zurück und schloss die Augen. Wie aus weiter Ferne vernahm ich das Rücken von Stühlen sowie das Öffnen und Schliessen einer Türe. Dann war es still um mich herum. Ich wollte nichts mehr hören und nichts mehr sehen.

Ich hatte keine Ahnung, wie lange ich in diesem Verhörraum allein gelassen worden war, als der Postenchef wieder eintrat und sich nach meinem Befinden erkundigte. Mir fiel seine recht verbindlich tönende Stimme auf und ich öffnete widerwillig die Augen.
«Sie können beruhigt sein», sagte er mit einer aufgesetzten Höflichkeit, welche irgendwie maliziös wirkte.
«Ihr Alibi hat sich als hieb- und stichfest erwiesen.»
Zu meiner Verblüffung hatte die Polizei in Avignon mitten in der Nacht nicht nur den buckeligen Barkeeper befragt, sondern auch noch das Mädchen ausfindig gemacht, welches ich in jener Bar getroffen hatte.

Ich durfte gehen. Die Polizei war bereit, mich zurück nach Cucuron zu bringen. Nicht mehr hinten im Kastenwagen, sondern auf dem Beifahrersitz eines Renault

R4 durfte ich mich jetzt chauffieren lassen. Eine lange Nacht ging zu Ende und ein neuer Tag kündigte sich an. Was würde er mir bringen? Wie würde meine Zukunft aussehen? Trotz des fast kitschigen Morgenrotes herrschte in meinem Innersten tiefste Nacht.

Nach kurzem Zögern willigte der junge Fahrer sofort ein, einen Umweg zu machen und mir die Unfallstelle zu zeigen.

Als er auf dem engen und kurvenreichen Strässchen bei einer der Kreuzungsstellen anhielt, schaute ich ihn fragend an, und er deutete mit einem Kopfzeichen auf die scharfe Rechtskurve hin, welche zirka fünfzig Meter vor uns lag. Er liess mich aussteigen und folgte mir in angemessenem Abstand. Ich schaute über den Strassenrand hinaus und erkannte im Abgrund der engen Schlucht des Aigue Brun die Reste der bordeauxroten Karosserie.

Ich hatte Brigitte als routinierte und sichere Autofahrerin kennen gelernt und konnte mir nicht erklären, wie es zu diesem folgenschweren Unfall hatte kommen können. Von einem Kollegen des Unfalldienstes habe er vernommen, gemäss den ersten an der Unfallstelle erfolgten Abklärungen hätten die Bremsen des 2 CV versagt, verriet mir mein Begleiter. Ich wäre am liebsten hinunter gestiegen, musste jedoch einsehen, dass dies in Sandalen und ohne Seil zu gefährlich gewesen wäre.
Nach etwa einer Viertelstunde gingen wir zurück zum Auto und als wir die engen Kehren der Schlucht gegen Lourmarin hinunter fuhren, rannen mir die Tränen über

die Wangen. Ungeniert begann ich zu schluchzen und mein Leid zu beklagen. Trauer, Wut und Müdigkeit hatten mich übermannt. Der Gendarm fuhr durch Cucuron und stellte mich wortlos vor Brigittes Haus ab.

Als ich erwachte, brauchte ich länger als sonst, um mich zurecht zu finden. Meine Omega Seamaster zeigte acht Uhr. War es Morgen oder Abend? Mein Rücken schmerzte. Ich lag auf der Couch im Wohnzimmer des Hauses, das Brigitte gehörte. Gehört hatte. Ich ging zur Toilette und sah auf dem Weg dorthin, dass die Digitalanzeige auf der Uhr in der Küche 19:55 Uhr zeigte. Ich hatte also rund vierzehn Stunden geschlafen. Trotzdem fühlte ich mich müde und geschunden wie nach einer mehrtägigen anspruchsvollen Bergtour.

Bei der Betätigung der WC-Spülung erschrak ich ob deren Lärm und ich spürte, wie fremd ich mir in diesem Haus vorkam. Ich hatte den Drang nach frischer Luft und entschloss mich, ins nahe Dorf zu gehen. Vor der «Bar du Cercle» schäkerten ein paar Burschen mit zwei Mädchen. Ich fragte sie, wo man hier essen könne. Wortreich redeten alle gleichzeitig auf mich ein.
«Nur etwas Kleines», warf ich ein, und augenblicklich waren sie sich einig, dass das fünfzig Meter entfernte «Les Temps modernes» wahrscheinlich das sei, was ich suche.

Ich hatte mich schnell entschieden und bestellte bei der etwas schmuddelig aber fröhlich wirkenden Kellnerin ein «Magret de Canard – flambé au Cognac» mit Nudeln, dazu eine halbe Flasche eines einheimischen Rotweines. Erst als die Frau den Wein vor mich hingestellt hatte, bemerkte ich, dass sie statt einer halben eine ganze Flasche geöffnet hatte. Sie musterte mich amüsiert und gab mir zu verstehen, verrechnet werde mir nur, was ich trinken würde. Von meinem Platz aus sah ich, wie mein Menü in der Küche zubereitet wurde, was meinen Appetit zusätzlich anwachsen liess. Die relativ lange Wartezeit hatte sich gelohnt. Das Fleisch war zart, die sämige Sauce ausgewogen und die offensichtlich hausgemachten Teigwaren hätten jedem Italiener ein Kompliment entlockt. Auf ein Dessert verzichtete ich, liess mir aber von der kleinen Servierin einen «Chèvre à l'huile», einen im Olivenöl eingelegten harten Geisskäse aufschwatzen.

Verdutzt stellte ich fest, dass ich unversehens die ganze Weinflasche geleert hatte. Das nur schwach besetzte Restaurant hatte sich allmählich geleert. Schweisstriefend trat der Chef aus der Küche, wischte sich mit einem Küchentuch den Schweiss von der Stirne und legte eine neue CD mit New Orleans Jazz in den Player. «Ça était?», fragte er mich im Vorübergehen. Nachdem ich das Essen in allen Farben gerühmt hatte, offerierte er mir einen «Digestif», wobei ich nicht wusste, was für einen Schnaps er mir einschenkte.

Er hatte sich auch ein Glas genommen und sich zu mir an den Tisch gesetzt. Als ich mich erkundigte, wie es komme, dass er im Sommer Nudeln mit Trüffel auf der Speisekarte führe, kam er regelrecht ins Feuer.

Seit seiner Kindheit sei die Trüffel seine Passion und hier am Luberon gebe es die besten Trüffel Frankreichs. Die edlen Pilze würden hier noch wild unter Steineichen und Haselnussbäumen gedeihen, behauptete er und er habe für ihre Suche einen eigenen Trüffelhund abgerichtet. Es gebe gegen hundert verschiedene Trüffelarten, aber keine andere Sorte komme an die «schwarzen Diamanten des Luberon» heran. Für ihn unverständlich sei, wie man die nach der italienischen Stadt Alba genannte weisse Albatrüffel, die im chinesischen Teil des Himalayas geernteten Trüffel oder gar die in Neuseeland industriell produzierten Produkte, zu deren Ernte banausenhaft ‹Trüffel-Schweine› eingesetzt würden, mit der hiesigen Qualität und der provenzalischen Trüffelkultur vergleichen könne.

Selbstverständlich sei meine Frage berechtigt, denn die Hochsaison für die aromatischen Bodenschätze sei tatsächlich der Winter. Er empfahl mir, zwischen November und März an einem Freitagmorgen früh ins «Café L'Univers» nach Carpentras zu kommen, wo sich vor dem wöchentlichen Trüffelmarkt die Anbieter mit ihren gefüllten Körben und Säcken treffen. Nirgends verbreite sich der unverwechselbar eindringliche, ja fast betäubende Geruch stärker, nirgends sei der Trüffel-Mythos präsenter und nirgends würden für die schwarze Knolle höhere Preise – manchmal bis zu tausend Euro pro Kilo – bezahlt als dort.

Einzig der jeweils am letzten Sonntag im Dezember unter dem Patronat der «Commensale de la Truffe et du Vin du Luberon» auf dem Dorfplatz in Ménerbes durchgeführte Trüffelmarkt sei mit jenem in Carpentras vergleichbar und erlaube, den unverwechselbaren Duft aufzunehmen, welcher nötig sei, um zu verstehen, warum rund um die Trüffel und deren Geruch immer wieder neue Legenden entstanden seien und auch heute noch entstünden.

Yves, wie der Wirt hiess – er war längst zum Du übergegangen –, hatte unsere beiden kleinen Gläser mehrmals nachgefüllt und als ich mich endlich verabschieden wollte, hatte er in der Küche einen der «schwarzen Diamanten» geholt, um mir diesen als «Geschenk unter Freunden» zu überlassen.

Meinen Hinweis, ich wohne zur Zeit alleine und hätte keine Ahnung, wie dieser wertvolle Pilz in der Küche einzusetzen sei, liess ihn nicht etwa an seiner Grosszügigkeit zweifeln, sondern war für ihn ein weiterer Anstoss, mich in die Trüffelgeheimnisse einzuweihen.

In diesem Fall sei eine «Brouillade de Truffes», ein mit Trüffeln gefülltes Rührei, genau das Richtige für mich. Pro Person solle ich drei Eier in eine Bratpfanne mit heisser Butter aufschlagen und die gewünschte Trüffelmenge hineinraspeln. Dazu gehöre dann noch ein mit Trüffelöl zubereiteter Salat.

***

Ich legte mich erneut auf der Couch im Wohnzimmer zum Schlafen, weil ich mich in Brigittes Haus immer noch fremd fühlte. Lange fand ich keinen Schlaf, liess die Ereignisse der letzten Tage nochmals Revue passieren, versuchte Ordnung in das Wirrwarr zu bringen und endete immer wieder bei der Frage, wie es nun weitergehen solle. Ich schlief unruhig. Mehrmals erwachte ich aus beklemmenden Träumen. Einmal stand ich in der Aufbahrungshalle neben der toten Brigitte. Die Kleidung des absonderlichen Leichenwärters waren blutverschmiert und er grinste mich hinter seiner Sonnenbrille herausfordernd an. Dann wieder fixierte mich der kaltschnäuzige Polizeioffizier mit seinen stechenden Augen und warf mir mit schneidender Stimme vor, ich hätte den Unterhalt des Unfallwagens sträflich vernachlässigt.

Obwohl ich alles andere als ausgeruht war, begab ich mich bereits kurz nach sieben Uhr ins Dorf. Ohne jemanden danach fragen zu müssen, fand ich sowohl eine «Boulangerie», um frische Croissants zu kaufen, als auch das «Bureau de tabac», wo ich mir die neuste Ausgabe der Tageszeitung «La Provence» erstand. Der joviale Patron der «Bar du Cercle» hatte die metallenen Rollladen seines Lokales eben hochgekurbelt und war daran, die Zigarettenstummel und die übrigen Abfälle vor dem Lokal zusammenzuwischen, die seine Gäste am Vorabend achtlos hingeworfen hatten. Ohne zu murren liess er seinen Besen stehen, servierte mir den gewünschten Kaffee und bereitete sich einen ebensolchen zu. Seine Frage, ob es mich störe, wenn er ein Zigarette rauche, irritierte mich, wusste ich doch, dass das Rauchen in Frankreich in den Restaurants und Bars seit einiger Zeit verboten war. Listig erklärte er mir, im Prinzip sei das Rauchen in seinem Lokal ausschliesslich ihm gestattet – aber er müsse heillos aufpassen, dass er nicht verpfiffen würde.

«La Provence» war schnell gelesen. Ich musste dabei mit Bedauern feststellen, dass der seinerzeit von Gaston Deferre, dem damaligen sozialistischen Bürgermeister von Marseille als linkes Kampfblatt gegründete «Le Provençal» mit dem Untertitel «Journal Républicain Socialiste» zu einem oberflächlichen Boulevard-Blatt mutiert ist. Wie in ganz Europa hatten auch in Südfrankreich die Marktkräfte eine Konzentration der Medien bewirkt und zur Fusion der früheren Konkurrenten «Le Provençal» und «Nice matin» geführt. Einzig der bissige Kommentar des Chefredaktors über eine rassistische Ausfälligkeit von Jean-Marie Le Pen, dem Gründer und Führer der rechtsextremen Bewegung des «Front National», liess an das früher legendäre politische Engagement der auflagestarken Lokalzeitung erinnern.

Zurück in Brigittes Haus nahm ich die Umsetzung des Planes an die Hand, den ich in der vorangegangenen Nacht geschmiedet hatte. Zuallererst musste ich unbedingt zurück an die Stelle, wo Brigitte mit meinem 2 CV verunfallt war.

Weil ich mich nicht dazu überwinden konnte, Brigittes azurblauen Renault Clio zu benützen, rief ich die Taxi-Chauffeuse an, die mich von Aix nach Cucuron geführt hatte. Auf ihrer Visitenkarte war ausser der Telefonnummer ihres Arbeitgebers ihre direkte Handynummer aufgeführt. Zudem der Name «Aurore Vial».

«Herzliches Beileid. Wie geht es Ihnen?»
Zum wiederholten Male überrumpelte mich diese junge Frau. Sie habe am Tag nach meiner Ankunft im «La Provence» vom tödlichen Unfall im Luberon gelesen. In diesem Zeitungsbericht sei nicht nur Farbe und Marke des Unfallwagens erwähnt gewesen, sondern auch die Tatsache, dass dieser in der Schweiz immatrikuliert gewesen sei. Nach dem, was ich ihr erzählt hätte, sei für sie klar gewesen, dass es sich bei der verunfallten Person um jene Person gehandelt habe, auf die ich in Aix vergeblich gewartet hätte. Meinen Wunsch, mich zur Unfallstelle zu führen, würde sie gerne erfüllen, erklärte sie spontan. Sie sei allerdings bis am Mittag besetzt und könnte frühestens gegen 13 Uhr in Cucuron sein.

Ich hiess sie bei der gleichen Stelle anhalten, wo tags zuvor der Gendarm seinen Wagen abgestellt hatte. Was ich befürchtet hatte, war leider eingetroffen. Die Polizei hatte in der Zwischenzeit das Autowrack geborgen – wahrscheinlich, um dieses einer kriminaltechnischen Untersuchung zu unterziehen. Trotzdem hatte ich das Bedürfnis, hinunter zu steigen, um dort gewesen zu sein, wo Brigittes Leben zu Ende gegangen war. Ich wollte mir dafür genügend Zeit nehmen und schlug der Fahrerin vor, mich drei Stunden später wieder an derselben Stelle abzuholen.
«Das kommt gar nicht in Frage», antwortete sie mir dezidiert. Erstens wäre es fahrlässig, diese Kletterei ohne Seil zu wagen, und zudem habe sie genügend Lesestoff bei sich, um die Wartezeit sinnvoll zu überbrücken.

Meine Hinweise auf meine alpinistische Erfahrung liess sie nicht gelten und schlug vor, vorerst in die nahe gelegene «Auberge de Seguin» zu fahren. Dort befinde sich nämlich ein Kletter-Eldorado, wo es möglich sein sollte, die zweckmässige Ausrüstung auszuleihen.

Dass ich seit bald dreissig Jahren nie mehr ein Bergseil in den Händen gehabt hatte und noch länger keine Selbstabseilung mehr vorgenommen hatte, war mir kaum anzumerken. Die Griffe waren seinerzeit sozusagen in Fleisch und Blut übergegangen und ich hätte diese trotz des fehlenden Trainings blindlings ausführen können. Obwohl mir diese Erkenntnis eine gewisse Selbstsicherheit verlieh, fühlte ich in meinem Inneren eine wachsende Unruhe, als ich mich der Stelle näherte, wo der Unfallwagen zwischen zwei Bäumen eingeklemmt zum Stehen gekommen war.

Was suchte ich eigentlich hier unten? Meinte ich in naiver Weis, einen Hinweis auf die Unfallursache zu finden? Oder glaubte ich, auf ein letztes Lebenszeichen Brigittes zu stossen? Jedenfalls hatte die Räumungsequipe ganze Arbeit geleistet. Keine einzige Glasscherbe hatte sie zurück gelassen. Die Tatsache, dass auch nirgends Blut zu sehen war, beruhigte mich auf eigentümliche Weise. Dann stimmte es also, dass Brigitte sofort tot gewesen war, ohne äussere Verletzungen erlitten zu haben und ohne dass sie noch leiden musste.
«Und?», fragte Aurore, die bereits während der Fahrt nach Seguin plötzlich zum vertraulichen Du gewechselt hatte.
«Nichts», lautete meine knappe Antwort.

Sie merkte mir an, dass mir nicht ums Reden war und liess mich in Ruhe. Ich packte das Klettermaterial zusammen und betrachtete nochmals das gerade Strassenstück vor der Absturzstelle.

Wenn tatsächlich die Bremsen meines Autos versagt hatten, dann musste Brigitte vor dem Absturz eine fürchterliche Schreckenssekunde erlebt haben.

Erneut übermannte mich der Schmerz und löste in mir einen regelrechten Schüttelfrost aus. Aurore, die vom Alter her fast meine Enkelin hätte sein können, legte behutsam ihre Hand auf meinen Arm. Nicht auf eine freundschaftliche Art, sondern eher wie eine Pflegerin in einem Altersheim tat sie das. Mit dieser menschlichen Geste spendete sie mir mehr Trost, als sie es mit Worten hätte tun können. Sicher würde sie später einmal eine erfolgreiche Psychologin werden, ging mir durch den Kopf.

Ich gab mir einen Ruck und wollte den Unglücksort so schnell wie möglich verlassen. Wir sassen bereits im Taxi, als ich an Aurore ein Zögern festzustellen glaubte. Ihr sei während meiner Kletterei etwas aufgefallen, was sie mir eigentlich noch hätte zeigen wollen, gab sie mir zögernd zu verstehen. Sie habe allerdings keine Ahnung, ob ihre Entdeckung mit dem Unfall etwas zu tun habe. Kaum einen Meter hinter dem Taxi zeigte sie auf einen dunklen Flecken am Boden, welcher von einer öligen Flüssigkeit herrühren musste. Obwohl auch ich mir keinen Reim darauf machen konnte, kratzte ich eine

Hand voll der öldurchtränkten Erde zusammen und füllte diese in einen kleinen Plastiksack ab.

***

Geneviève Faure sass missmutig auf der Terrasse des «O' Cours Jus» am Cours Julien beim Kaffee. Nachdenklich schaute sie dem Wasserspiel und zwei herumrennenden Hunden zu. Hier fühlte sie sich immer noch zu Hause. Als der Platz noch ein staubiger Quartierplatz war, hatten sie hier als Kinder gespielt, hier hatte sie sich im Teenageralter mit Schmetterlingen im Bauch zum ersten Rendez-vous verabredet und hier traf sie sich mit Freunden zu einem Kaffee, zum Aperitif oder zum Essen, wenn sie vorübergehend in Marseille weilte.

Sie hatte «Le Monde» und «Le Figaro» gekauft und ging die aktuellen Nachrichten durch. Danach wollte sie noch ein paar Kleidungsstücke einkaufen, bevor sie zurück nach Paris fahren würde. Sie legte zwar Wert auf elegante Kleidung, kaufte diese aber lieber in Marseille ein, in den Geschäften, die sie kannte und in denen die Bedienung in der Regel viel persönlicher war als in den versnobten Boutiquen der Metropole.

Einmal mehr hatte sie sich von ihrem Vater ins Bockshorn jagen lassen. Am Telefon hatte er ihr ein Theater vorgespielt, als ob es um Leben und Tod ginge, und als sie eine Woche Ferien genommen hatte, um bei ihm vorbei zu schauen, war er gesund und munter und wollte sie jeden Abend irgendwo zum Essen einladen. Nicht dass sie sich in Marseille nicht wohl gefühlt hätte. Im

Gegenteil, sie liebte ihre Heimatstadt wie keinen andern Flecken auf der Welt und würde liebend gerne wieder hier wohnen. Zehn Jahre Paris waren eigentlich genug, nur müsste sie hier eine Arbeit finden, die sie befriedigen würde.

Sie hatte gar nicht auf das läutende Telefon in ihrer Einkaufstasche geachtet und ergriff dieses erst, als sie von einem Tischnachbarn darauf aufmerksam gemacht worden war. Wahrscheinlich wollte Vater sich erkundigen, wann sie zurück zu sein gedenke und ob es ihr recht sei, wenn er in diesem oder jenem Restaurant für das Nachtessen zwei Plätze reservieren würde. Auf dem Display leuchtete aber nicht Vaters Nummer auf, sondern jenes des Polizeikommissariates in Paris.

Am Apparat war Joseline, die Chefsekretärin. Wenn Joseline anrief, war klar, dass ihr Chef etwas von ihr wollte. Es scheine um eine Bagatelle zu gehen, verriet ihr Joseline und stellte die Verbindung zum Oberkommissar her. Ohne Umschweife kam dieser zur Sache.

Im Departement Vaucluse spielten Gendarmerie, Justiz und Police nationale wieder einmal Katz und Maus, ärgerte sich Monsieur Brun. Der Souspréfet in Apt weigere sich, den Schlussrapport über einen tödlichen Autounfall zu unterschreiben und verlange zusätzliche Abklärungen. Sowohl das Kommissariat in Avignon wie auch diejenigen der Nachbardepartemente erklärten jedoch, wegen personeller Unterdotierung nicht in der Lage zu sein, diesen Auftrag kurzfristig erfüllen zu können. Nun habe das Justizministerium einmal mehr ihm den Schwarzen Peter zugeschoben und da habe er gedacht...

«Verstanden», sagte Geneviève, die im Moment nicht recht wusste, ob sie sich über den verlängerten Aufenthalt im Süden freuen sollte oder nicht.
Sie bat Monsieur Brun dafür zu sorgen, dass die Akten des Falls sofort in die Präfektur Marseille gebracht würden, wo sie diese am nächsten Morgen studieren wolle.
Ausserdem gehe sie davon aus, dass für sie bei Bedarf ein Arbeitsplatz, ein ziviles Fahrzeug sowie das allenfalls nötige Personal zur Verfügung stehe.

***

Das Tor der Citroën-Garage in Cucuron stand noch offen, obwohl es bereits gegen sieben Uhr ging. Unter einem in die Jahre gekommenen Citröen CX entdeckte ich Licht und beim Näherkommen sah ich auch noch zwei in blauem Überkleiderstoff steckende Beine. Ich wartete geduldig, bis Monsieur Blanc, der Betriebsinhaber, unter dem Wagen hervorgekrochen war. Wenn das geflügelte Wort «Nomen est omen» bei einem Menschen deplatziert war, dann sicher beim klein gewachsenen Monsieur Blanc, dessen Gesicht und vor allem dessen Hände bester Beweis dafür waren, dass hier der Betriebsinhaber noch selbst Hand anlegte.

Auf die Frage nach meinen Wünschen zeigte ich ihm den Plastiksack mit der ölgetränkten Erde.
«Bremsöl», stellte er nach kurzer Riechprobe ohne jegliches Zögern fest.

Er erinnerte sich noch sehr genau an den bordeauxroten 2 CV mit Schweizer Nummern, den Madame Heinzelmann ihm in den Service gegeben hatte. Auch vom tödlichen Unfall hatte er gehört. Er habe zwar die Bremsen nicht speziell untersucht, erzählte er, aber eine Bremsprobe habe er durchgeführt und den Bremsölstand habe er kontrolliert, ein Nachfüllen sei nicht nötig gewesen.

Beim Verlassen der Garage stieg mir der unverwechselbare Duft von Pizza in die Nase. Am Rande des Dorfplatzes stand einer dieser für Südfrankreich typischen Pizza-Wagen. Ich bestellte mir eine «Pizza Marguerita» und wartete in der nahen «Bar du Cercle» bei einem Pastis, bis mein Nachtessen parat war. Der Wirt, welcher die Situation begriffen hatte, bedeutete mir, ich könne die Pizza problemlos in seinem Lokal verzehren, was mir sehr gelegen kam, denn ich fühlte mich in Brigittes Haus nach wie vor nicht wohl. Als ich mit der Pizza zurück kam, hatte er mir an einem der Tische bereits Messer und Gabel bereit gestellt. Der Rotwein, den er im Offenausschank verkaufte, war fruchtig und süffig. Jedenfalls musste mir die vollschlanke Tochter des Hauses noch einen zweiten Viertel bringen. Zum Kaffee empfahl mir der sympathische Wirt einen «Garlaban» und behauptete, selbst italienische Grappa-Liebhaber hätten ihm bestätigt, dieser Provence-Marc brauche weltweit keinen Vergleich zu scheuen.

***

Nach einer weiteren unbequemen und unruhigen Nacht auf der Wohnzimmer-Couch rief ich am Morgen früh den Polizeiposten in Bonnieux an, um zu erfahren, wann wohl die Beerdigung stattfinde. Der Polizeioffizier, mit dem ich verbunden wurde, war alles andere als gesprächig. Der Souspréfet in Apt liege vermutlich wieder einmal bei einer neu eroberten Geliebten und habe anscheinend keine Zeit für seine Amtspflichten, legte er mir allen Ernstes dar, jedenfalls sei Brigittes Leiche immer noch nicht frei gegeben worden.

***

In der «Hôtel de la Préfecture» genannten Marseiller Präfektur am Boulevard Paul Peytral war es noch still, als Geneviève Faure dort eintraf. Sie hatte den Wecker auf fünf Uhr gestellt. Ohne Frühstück war sie durch die schmalen Gässchen zu Fuss hinunter zum Fischmarkt am Vieux Port gegangen, weil sie ihrem Vater versprochen hatte, abends einen Loup de mer nach dem Rezept ihrer verstorbenen Mutter zuzubereiten.

Unterwegs war sie betrunkenen Obdachlosen, übernächtigten Prostituierten und den Stadtangestellten begegnet, welche auf Strassen und Trottoirs den Unrat der Nacht entsorgten. Morgens früh, bevor der grosse Verkehr über die Stadt hereinbrach, gefiel ihr Marseille am besten.

In der Einkaufstasche den Loup, welcher in der Nacht zuvor den Fischern ins Netz gegangen war, setzte sie sich an einen der kleinen Bistrot-Tische vor der Brasserie «La Samaritaine» und bestellte einen kleinen schwarzen Kaffee mit einem ofenfrischen Croissant. Trotz des aufkommenden Strassenlärms hörte sie das Stimmengewirr der Fischersfrauen, welche ihre Waren lautstark und gestikulierend anboten. Die Gerüche von Kaffee, Autoabgasen und Fisch vermischten sich.

Von der aufkommenden Sonne geblendet, legte sie die Tageszeitung weg und genoss den Blick über den Vieux Port und die dahinter leicht ansteigende Stadt, wo zuoberst auf einem rund hundertfünfzig Meter hohen Kalksteinfelsen die von Henri-Jacques Espérandieu Mitte des 19. Jahrhunderts erbaute Kirche «Notre Dame de la Garde» thront. Die auf dem Turm montierte Marienfigur machte ihr morgens immer einen bedrohlichen Eindruck, weil die elf Meter hohe Statue im Gegenlicht schwarz wirkte und nicht golden glänzte wie am späten Nachmittag, wenn sie von der Abendsonne beschienen wird.

Trunken von der einmaligen Hafenstimmung hätte Geneviève Faure ihren Vorsatz beinahe vergessen, zeitig zum Studium der Akten ihres neusten Falles gehen zu wollen.

Der Gendarm an der Rezeption begrüsste sie zu ihrer Überraschung mit ihrem Namen und liess sie ohne Ausweiskontrolle passieren. Das Dossier «Brigitte Heinzelmann», das sie im Sekretariat ausgehändigt bekam, wies nur wenige Blatt Papier auf. Die Kollegen in Bonnieux hatten sich die Sache tatsächlich einfach gemacht und sie verstand die Vorbehalte des Souspréfet.

Alain Bonnet stand zwar kurz vor seiner Pensionierung, war aber keineswegs der Typ, der den Weg des geringsten Widerstandes suchte und dem jede Zusatzarbeit zuwider war. Im Gegenteil, er war topmotiviert, für Kommissarin Faure zu arbeiten, die vom Alter her zwar seine Tochter hätte sein können, von der er aber bisher nur Gutes gehört hatte. Nur schade, dass es sich um eine Bagatelle zu handeln schien. Immer noch träumte er vom «grossen Fall», auf den er nun seit bald vierzig Jahre wartete. Er hatte das Dossier bereits vor ihrer Ankunft studiert und sich ein paar Notizen gemacht. Auf gute Qualifikationen war er nicht mehr angewiesen, aber er wollte zeigen, dass auch er kein Anfänger mehr war.

«Was schlagen Sie vor?», fragte sie, nachdem er in ihr provisorisches Büro eingetreten war und sie ihn zum Sitzen aufgefordert hatte.
Das war neu für ihn. Bisher hatten ihm seine Chefs jeweils Aufträge erteilt und ihn kaum zu Wort kommen lassen. Schon gar nicht erwünscht war in der Regel Eigeninitiative.

Brainstormingähnlich legte das zufällig entstandene Team innerhalb weniger Minuten fest, welche Abklärungen zu treffen seien. Priorität hatte eine Autopsie der Leiche. Bisher war einzig eine Alkoholprobe vorgenommen worden, deren Resultat mit 0,7 Promille nichts Aussergewöhnliches war und höchstens versicherungstechnisch von Belang sein würde. Leider war es verschlampt worden, in Magen und Blut nach allfälligen Rückständen von Drogen, Beruhigungs- und

Schlafmitteln und andern Medikamenten zu suchen. Selbst der sonst routinemässig durchgeführte HIV-Test fehlte.

Parallel zu den medizinischen Untersuchungen übernahm Alain Bonnet den Auftrag, auf Brigitte Heinzelmann lautende Bankkonti ausfindig zu machen und diese näher unter die Lupe zu nehmen sowie die Besitzesverhältnisse der Liegenschaft in Cucuron abzuklären. Zudem sollte bei den Versicherungen und bei den Notariaten in den Departementen Bouches-du-Rhône und Vaucluse so genannte «Auskunftsaufrufe» erfolgen, um Hinweise auf auffällige Versicherungspolicen oder Testamente ausfindig zu machen.

***

Die nicht enden wollenden Tage hatte ich damit verbracht, die Umgebung auszukundschaften. Ich hielt es ganz einfach nicht aus, in diesem Haus herumzusitzen und abzuwarten, bis das Gerangel zwischen Gendarmerie und Justiz um Brigittes Leiche beendet war.

Am ersten Tag war ich «querfeldein» in das sieben Kilometer entfernte, etwas versnobte Lourmarin gewandert und hatte dort das gut erhaltene, kürzlich restaurierte Schloss besichtigt, welches seit ein paar Jahren der Universität von Aix als Aussenstelle dient und von Stipendiaten der Akademie der Künste und der Wissenschaft bewohnt wird.

Nach der recht oberflächlichen, auf Touristen ausgerichteten Schlossführung wollte ich auf dem kleinen Dorffriedhof das Grab des bis zu seinem Autounfalltod im Jahre 1960 in Lourmarin wohnhaft gewesenen Schriftstellers Albert Camus besuchen. Erst nach einigem Suchen fand ich die schlichte Grabplatte. Offensichtlich wird bewusst auf touristengerechte Hinweistafeln und ein pompöses Grabmahl für den Literatur-Nobelpreisträger verzichtet.

Tags darauf unternahm ich eine Wanderung auf den Luberon. Der rund 60 Kilometer lange, west-ost-orientierte Hügelzug bildet neben dem 1912 Meter hohen Mont Ventoux die zweithöchste Erhebung der Provence. Auf dem 1125 Meter hohen «Mourre Nègre» genoss ich die einzigartige Rundsicht, vergass für einen Moment meinen Kummer und verdrängte die Ungewissheit. Nach dem bescheidenen Picknick hatte ich mich im Schatten einer Pinie hingelegt und war gleich eingenickt. Ich musste deutlich über eine Stunde geschlafen haben. Jedenfalls erwachte ich an der prallen Sonne und merkte am brennenden Gesicht, dass ich einen kleineren Sonnenbrand eingefangen hatte.

Für den dritten Tag hatte ich mir den Besuch des Étang de la Bonde vorgenommen. Daraus wurde aber nichts. Als ich am Morgen wie üblich in der Boulangerie mein Brot kaufen wollte und bereits die Türklinke in der Hand hatte, erstarrte ich.

An der Türe hing eine zirka A5-grosse Todesanzeige auf vorgedrucktem Formular mit folgendem Text:

Rendez vous : A l'EGLISE.   *"Je suis la Résurrection et la Vie"*
(Le Christ)

PAX

AVIS DE DÉCÈS
LE SERVICE FUNÈBRE DE

M adame Brigitte Heinzelmann
décédée **le** 15 JUIN   **âgé**e **de** 45 ANS
sera célébré en l'Eglise Paroissale de Cucuron
le   22 JUIN   **à**   14 **heures** 30

Messe corps présent.

Nun war ich endgültig über die Administration der Grande Nation verärgert. Da hatte mir der Polizeioffizier hoch und heilig versprochen, er würde mich unverzüglich informieren, wenn der Souspréfet endlich bereit sei, die Leiche frei zu geben, und nun das.

***

Das war fast wie seinerzeit bei Monika. Auch damals war die Beerdigung ohne meinen Einbezug organisiert worden. Der Unfall war bei unserer ersten gemeinsamen Tour nach Suzannes Geburt passiert. Wir waren die glücklichste Familie auf Erden und hatten die Kleine fast mit schlechtem Gewissen für einen Tag der Nachbarin überlassen, um dem Bergweh nachzugeben. Die Route von der Kleinen Scheidegg zur Guggi-Hütte war uns beiden bestens bekannt. Nach dem mühsamen Einstieg über die Moräne folgt eine einfache Kletterei, bei welcher höchstens blutige Anfänger ans Seil genommen werden. Monika wollte unbedingt voraus steigen und war kaum zu bremsen.

Ich hatte nicht gesehen, was für ein Missgeschick ihr passiert war. Hatte sie das Gleichgewicht verloren oder einen Fehltritt gemacht? Jedenfalls stürzte sie plötzlich keine zwei Meter von mir entfernt in die Tiefe. Ich stand da, wie vom Blitz getroffen und wollte nicht glauben, was ich eben erlebt hatte. Irgendwie war mir sogleich bewusst, dass Monika den Sturz nicht überleben würde. Innerhalb eines Bruchteils einer Sekunde rasten mir tausend Gedanken durch den Kopf. Dem ersten Schrecken folgten vorerst Schuldgefühle, dann Selbstmitleid. Lange Zeit blieb ich wie angewurzelt stehen und dachte plötzlich weder an Monika noch an mich, sondern nur noch an unsere Tochter.

Die Zeitspanne zwischen Monikas Sturz und ihrer Beerdigung fehlt in meinem Gedächtnis.

In der Kirche Interlaken sass ich zwar zusammen mit meinen Schwiegereltern in der vordersten Bankreihe, hörte und verstand die Abschiedsworte und erkannte, dass die Schülerinnen und Schüler von Monika unter der Leitung ihrer Freundin Rosemarie ein Lied sangen.

Aber irgendwie fand ich, das gehe mich alles überhaupt nichts an. Wie man mir später glaubhaft machte, zeigte ich keine Rührung, kein Zeichen der Trauer. Anscheinend benahm ich mich unbeteiligt wie ein zufällig anwesender Beobachter oder wie ein Mitarbeiter eines Bestattungsinstitutes.

***

Vor der Kirche in Cucuron war ein grosser Baum aufgepflanzt. Die Äste hatte man bis auf die Krone entfernt, in welcher Stoffbänder in den Farben blau-weissrot zu erkennen waren. Es hatte eben erst zwei geschlagen. Ich war also viel zu früh. Das sei der «Arbre de Mai», wurde ich von einem älteren Mann belehrt, den ich bereits beim Pétanque-Spiel getroffen hatte und der plötzlich neben mir stand. Bei uns in der Schweiz würden auf dem Land in der Nacht auf den 1. Mai von jungen Burschen Maibäume vor die Fenster der Mädchen aufgestellt, aber nicht vor einer Kirche, gab ich zurück. Als ob er auf ein Zeichen gewartet hätte, weihte er mich darauf hin in die Geschichte des «Arbre de Mai de Cucuron» ein.

Im Januar 1720 sei die «Grand Saint Antoine» in Tripolis ausgelaufen. An Bord seien neben verschiedenen Waren auch einige türkische Passagiere gewesen, von denen auf dem Weg nach Marseille acht aus vorerst unerklärlichen Gründen gestorben seien. Weil man damals bereits von der im Nahen Osten grassierenden Pest gehört hatte, seien Besatzung und Passagiere zur Untersuchung in das Spital von Marseille eingewiesen worden, fatalerweise jedoch ohne vorgängige Quarantäne. Ebenso sei mit drei weiteren aus der Türkei ankommenden Schiffen vorgegangen worden sowie mit einem vierten, welches am 12. Juni eingelaufen sei.

Am 30. Juni sei dann die Pest im alten Stadtteil ausgebrochen und habe sich schnell über ganz Marseille sowie die Umgebung verbreitet. Ende Juli seien bereits 20 000 Todesopfer gezählt worden. Im September habe der Todeszug Aix-en-Provence erreicht und am 2. Oktober seien die ersten zwei Opfer in Cucuron gestorben.

Am 21. Mai 1721 habe der Pfarrer die Dorfbewohner zur Teilnahme an einer Prozession in der Kirche Notre-Dame-de-Beaulieu aufgerufen, um gemeinsam Gott und die Schutzheilige der Kirche um Gnade zu bitten. Dabei sei unter anderem versprochen worden, wenn die Gebete erhört würden, solle künftig alljährlich zu Ehren der Schutzheiligen ein Baum vor der Kirche aufgestellt werden. Die Epidemie sei in der Folge abgeflaut. Trotzdem seien innerhalb von 13 Monaten 808 der vorher rund 3900 Einwohner dahingerafft worden.

Seit bald dreihundert Jahren werde deshalb am Samstag nach dem 21. Mai in der Nähe des Dorfes eine grosse Pappel gefällt. Die Tradition verlange, dass der entastete Baumstamm von den jungen Männern der Gemeinde durch das Dorf zur Kirche zu tragen sei, wo er im Rahmen eines Volksfestes aufgestellt und bis anfangs September belassen werde.

Der Erzähler, welcher sämtliche Daten und Zahlen ohne nachzudenken nennen konnte, war kaum zu bremsen. In der Zwischenzeit hatte die Totenglocke zu läuten begonnen. Die in einem grossen Abstand von zirka zehn Sekunden ertönenden Glockenschläge gingen mir durch Mark und Bein.

Zuvorderst in der grossen Kirche war der aus grobem Holz gefertigte Sarg aufgebahrt. Erleichtert stellte ich fest, dass die Pflanzenschale, die ich in aller Eile in einem Blumengeschäft in Pertuis bestellt hatte, offenbar doch noch rechtzeitig geliefert worden war. Sogar die zwei deutschen Worte «In Liebe», die ich der Floristin am Telefon mehrmals buchstabiert hatte, waren ohne Fehler geschrieben. Daneben war ein Blumenarrangement aufgestellt, auf dessen Schleife ich aus der Distanz «Tes amis» entziffern konnte. Mitten auf dem Sarg stand eine Vase mit etwa zwanzig weissen Rosen. Wer die wohl gespendet hatte? Gehörte dieses wunderbare Bouquet vielleicht zum Service des Bestattungsinstitutes?

Ich hatte mich in die sechste Bankreihe gesetzt. In der dritten und vierten Reihe sassen je vier Personen, deren Alter ich zwischen vierzig und sechzig schätzte, und ich nahm an, dass das Bekannte von Brigitte waren. Ausserdem nahmen etwa ein Dutzend ältere Frauen an der Messe teil, die wahrscheinlich bei jeder Beerdigung dabei waren und vermutlich auch dann ihr Taschentuch netzten, wenn sie die verstorbene Person nicht gekannt hatten.

Der Pfarrer hatte es anscheinend nicht eilig. Als er mit einiger Verspätung erschien, kniete er in der Sakristei ab und verharrte dort in einem mehrminütigen stillen Gebet. Ich hatte nicht damit gerechnet, in dieser ländlichen Gegend einen jungen, wohl knapp dreissig Jahre alten Pfarrer anzutreffen. Vollends überrumpelt war ich jedoch von der Art und Weise, wie dieser die Abdankung gestaltete. Dass er kaum sprach, sondern fast ausschliesslich sang, hätte ich noch akzeptieren können. Dass er aber vollständig darauf verzichtete, die Tote zu würdigen und ihren Lebenslauf wiederzugeben, ärgerte und deprimierte mich.

Hier war offensichtlich ein reaktionärer Geistlicher am Werk. Mein Schmerz um Brigitte vermischte sich mit meinem Groll gegenüber der Papstkirche, welche sich seit rund einem Vierteljahrhundert rückwärts statt vorwärts entwickelt. Ich erinnerte mich an eine Diskussion nach dem Tod des Polenpapstes Paul Johannes II. und der Wahl des konservativen deutschen Papstes Benedikt XVI., in deren Verlauf mein katholischer Gesprächspartner die von «Rom» kultivierte Distanz gegenüber allem Zeitgeist nicht nur als unchristlich, sondern menschenfeindlich bezichtigt hatte. Er konnte das sture Festhalten am Zölibat, das ans dunkle Mittelalter erinnernde Frauenbild und insbesondere die Haltung betreffend Schwangerschaftsverhütung und Aids-Prophylaxe nicht mehr ertragen und hatte sich an seinem siebzigsten Geburtstag zum Kirchenaustritt entschlossen.

In einem Zeitungsartikel hatte ich später einmal gelesen, auch in Südfrankreich seien die Zeiten für die katholische Kirche alles andere als rosig. Die meisten Bistümer seien hoffnungslos verschuldet und die Zahl der Katholiken sei dauernd im Sinken begriffen. Von den verbliebenen Kirchenmitgliedern würde in der Regel nur noch eine kleine Minderheit den sonntäglichen Gottesdienst besuchen.

***

Meine Hoffnung, bei der Beerdigung mehr über Brigittes Leben zu erfahren, war nicht erfüllt worden. Vor allem von ihrer Familie und von ihrer Kindheit wusste ich nach wie vor fast nichts.

Jedes Mal, wenn ich Brigitte danach gefragt hatte, war sie mir ausgewichen. Einzig damals in Berlin war sie bereit gewesen, ein wenig aus ihrer Biografie preiszugeben.

Wir waren spontan übereingekommen, für eine Woche in die Stadt zu fahren, in der Brigitte die ersten zwei Jahrzehnte ihres Lebens verbracht hatte. Sie wollte ein paar Tage in Berlin verbringen und fünfundzwanzig Jahre nach ihrem Wegzug nachschauen, wie sich die seinerzeit geteilte Stadt nach dem Fall der Mauer entwickelt hatte. Sie zeigte mir, wo sie zur Schule gegangen war und wo sie während ihres Germanistikstudiums an der Freien Universität in einer Kommune gewohnt hatte. Wir besichtigten die historischen Stätten des Dritten

Reiches und der DDR-Zeit. Die Abende verbrachten wir in Cabarets und Theatern.

Den letzten Tag hatten wir Bertold Brecht gewidmet, den wir beide bewunderten und verehrten. Nach der Besichtigung des Brecht-Museums, das in seinem ehemaligen Wohnhaus eingerichtet ist, besuchten wir den angrenzenden Dorotheenstädtischen Friedhof, auf welchem Brecht und Helene Weigel gemeinsam beerdigt sind. Schliesslich liessen wir uns im Theater am Schiffbauerdamm, dem so genannten Berliner Ensemble, von einer Aufführung des immer noch aktuellen Stückes «Die Mutter» begeistern.

Beim Schlummertrunk in einer gemütlichen Kneipe am Ufer der Spree hatte ich einen erneuten Anlauf unternommen und Brigitte gefragt, wo sie denn als Kind gewohnt habe. Mit einem Schlag war ihre gute Laune wie weggeblasen. Sie nahm eine steife Haltung an und begann in einem ernsten Ton zu erzählen. Ihre Eltern habe sie nicht gekannt. Von ihrem Vater wisse sie nur, dass dieser Franzose gewesen sei, ihre schwangere Mutter sitzen gelassen habe und gestorben sei, als sie noch ein kleines Kind gewesen sei. Aufgewachsen sei sie bei ihren Grosseltern, weil die Mutter bald nach ihrer Geburt nach Frankreich ausgereist sei. Sie hasse ihre Eltern und wünsche, dass ich sie nie mehr zwingen würde, über dieses Thema zu reden.

***

Endlich war der Pfarrer mit seiner Singerei am Ende. Der Sarg wurde hinausgerollt und die gut zwanzig Anwesenden begaben sich in einem bizarr wirkenden Trauerzug auf den nahen Friedhof. Überrascht entdeckte ich Aurore Vial. Wahrscheinlich war sie erst während der Messe in die Kirche gekommen. Mehrmals versuchte ich, sie zu grüssen, doch sie wich meinem Blick immer wieder aus.

Die alten Weiber, welche hinter mir hergingen, ärgerten mich, weil sie den kurzen Weg zum Friedhof dazu nutzten, den neusten Dorfklatsch auszutauschen. So vernahm ich ungewollt, dass sich Madame Audibert bei einem Sturz beim Fensterputzen einen Oberschenkelhalsbruch zugezogen habe und nun in Pertuis im Spital liege. Es sei eine Schande, dass die Jungen die Greisin derart vernachlässigten und nur auf das Erbe warteten.

Eine Schande sei auch, was man aus dem Gemeinderat höre. Schon allein über die Idee, dass der ganze Rat ein Wochenende nach Paris gefahren sei, um sich angeblich weiterzubilden, könne man nur den Kopf schütteln. Bei der leeren Gemeindekasse würde das Geld gescheiter für den Unterhalt der Strassen verwendet statt für ein Vergnügungswochenende in Paris. Im Dorf würde im Übrigen gemunkelt, in Paris seien einzelne Betten nicht und andere doppelt benützt worden. So etwas wäre früher im Dorf nicht vorgekommen, aber eben, im Fernsehen würde die Unmoral ja tagtäglich vorgelebt.

Zu bedauern sei der Bäcker, der erst kürzlich die während Monaten leer gestandene Bäckerei übernommen habe. Aber das habe ja nicht gut enden können. Die Bäckersfrau sei doch mindestens dreissig Jahre jünger als er und habe von Anfang an allen Männern im Dorf schöne Augen gemacht. Diese Lüstlinge hätten sich unversehens freiwillig bereit erklärt, am Morgen das Brot zu holen. Die jungen Frauen seien natürlich auch dumm, wenn sie nicht merkten, was da gespielt würde. Doch heute Morgen sei die Bäckerei geschlossen geblieben. Madame Bremond, die Nachbarin des Bäckers, habe wegen des Rheumas nicht schlafen können und wolle gesehen haben, dass die junge Bäckersfrau vorige Nacht mit dem Schafhirt davon geschlichen sei, der mit seiner Herde vor Vaugines Halt gemacht habe.

Wenigstens während der keine zehn Minuten dauernden Zeremonie auf dem Friedhof blieben die Tratschweiber still. Der Pfarrer segnete die Tote und der Sarg wurde bodeneben in eine Gruft geschoben, welche sofort von einem Mitarbeiter des Bestattungsinstitutes geschlossen wurde. Ein letztes Gebet und die Beerdigung war abgeschlossen.

Mit schnellen Schritten holte ich Aurore Vial ein. Widerwillig gab sie mir die Hand, als ich ihr für ihr Kommen danken wollte. Sie sei nicht wegen mir gekommen, entgegnete sie mir spitz.
«Ich kam wegen Brigitte, die bis vor einem halben Jahr meine Geliebte gewesen war», warf sie mir mit einem eiskalten Blick entgegen und liess mich stehen.

***

Die Sonne, welche mir direkt ins Gesicht schien, hatte mich geweckt. Nach der Beerdigung hatte ich mich zum ersten Mal gewagt, im Obergeschoss zu übernachten, wobei ich bewusst nicht Brigittes, dem Dorf zugewandten Schlafzimmer, sondern das Gästezimmer mit dem Fenster nach Osten gewählt hatte.

Trotz des bequemen Bettes konnte ich lange nicht einschlafen. Die an einen Fellini-Film erinnernde Beerdigung und vor allem die Begegnung mit Aurore hatten mich gründlich durcheinander geschüttelt. An Aurores Aussage, wonach sie und Brigitte bis vor einem halben Jahr ein Liebespaar gewesen seien, zweifelte ich keinen Moment, aber ich fragte mich immer wieder, warum ich nichts davon gemerkt hatte. Natürlich hatte ich in solchen Dingen nicht gerade viel Erfahrung, aber ich hätte mir bisher zugetraut, einer Frau anzumerken, wenn sie bisexuell veranlagt wäre.

War es ein Zufall gewesen, dass ich auf dem TGV-Bahnhof von Aix-en-Provence ausgerechnet in Aurores Taxi gelandet war, oder hatte sie mir dort aufgelauert? War sie damals über Brigittes Tod bereits im Bild gewesen? Warum hatte sie sich Zeit genommen, mit mir an die Unfallstelle zu fahren, aber mir ihre Beziehung zu Brigitte nicht früher offenbart? Wusste sie vielleicht mehr über die Umstände des Unfalles, als sie preisgab?

Mehrmals war ich in der Nacht schweissgebadet aus meinen Träumen aufgewacht. Stets waren darin Brigitte und Aurore erschienen. Einmal stritten sie sich vor mir wie keifende Weiber, einmal machten sie sich grölend über mich lächerlich und einmal überrumpelte ich die beiden beim Liebesspiel. Immer wieder aber träumte ich, mit beiden Frauen gleichzeitig im Bett zu liegen. Ich hatte zwar solche Szenen bei sporadischen Besuchen einschlägiger Kinos schon gesehen, war davon jeweils aber kaum berührt gewesen. Im Traum erlebte ich jedoch plötzlich wonnevolle Momente, wenn ich gleichzeitig von zwei derart bezaubernden Frauen verwöhnt wurde beziehungsweise die beiden beglückte.

Irgendwann gegen Morgen musste ich mich beruhigt haben und in einen tiefen Schlaf versunken sein. Jedenfalls war es bereits zehn Uhr, als mich die Sonne weckte.

Schon am Dorfrand bemerkte ich, dass etwas anders war als sonst. Überall waren Autos parkiert und mehrere Hausfrauen begegneten mir mit vollen Einkaufskörben. Wochenmarkt.

Rund um den künstlichen, rechtwinklig angelegten Teich im Dorfzentrum wurden an etwa zwei Dutzend Marktständen und -wagen alle möglichen und unmöglichen Produkte angeboten. Während die Frauen ihren Wocheneinkauf erledigten, standen die Männer in kleinen Gruppen zusammen – teilweise eher gelangweilt, teilweise wild gestikulierend in angeregte Diskussionen verstrickt.

Ein provenzalischer Wochenmarkt wirkt wie ein Bombardement auf die menschlichen Sinne. Als erstes fällt die Vielfarbigkeit der Angebote auf. Gemüse und

Früchte scheinen hier viel intensiver zu leuchten als in den Auslagen der schweizerischen Einkaufszentren, obwohl dort spezielle Leuchten eingesetzt werden, welche die natürlichen Farben der Waren zur Geltung bringen sollen. Einen bedeutenden Beitrag zur Farbenvielfalt leisten aber auch die dargebotenen leuchtenden Stoffe mit viel Gelb, Rot und Blau sowie die Töpferwaren, welche in der Regel eher erdfarbene Glasuren aufweisen.

Faszinierend ist sodann die «Geruchsorgie», welche beim Besuch dieser Märkte genossen werden kann: Fisch – Lavendel – Pizza – Minze – Basilikum – Rosmarin – Oregano – Curry – Thymian – Käse – Oliven – Melonen – Pouletgrill – Pfirsich – Erdbeeren...

Beim Vorbeischlendern überraschte mich an einem Stand die Anschrift «Caviar». Erst beim genaueren Hinsehen las ich dann «Caviar d'aubergines». Die liebenswürdige Verkäuferin gab mir freimütig von der Masse zu versuchen und erklärte mir, dieser «Caviar des pauvres» sei ganz einfach herzustellen. Die Auberginen würden vorerst im sehr heissen Ofen gebacken, dann werde das Fruchtfleisch mit einem Löffel entfernt und mit Olivenöl und zerstossenen Knoblauchzehen zu einer mayonnaiseartigen Mousse gerührt. Je nach Geschmack müsse am Schluss nur noch mit Salz, Pfeffer und Zitronensaft gewürzt werden.

Wie ein gelehriger Schüler wiederholte ich die Rezeptangaben und machte mir Notizen. Mein Interesse schien die junge Frau zu freuen und sie erklärte mir auch noch gleich ihre anderen Angebote. Beim Ausdruck «Tapénade» musste ich gestutzt haben. Jedenfalls nötigte sie mich beinahe, auch noch die vier verschiedenen Varianten dieser Paste zu versuchen und sie ermunterte mich, in der eigenen Küche herauszufinden, welches Rezept mir am besten meinem Gout entspreche. Das Grundrezept bestehe aus schwarzen oder grünen Oliven, Kapern und Sardellenfilets, wobei je nach Geschmack und Situation die Paste noch mit hartgekochten Eiern und altem Brot verfeinert oder «gestreckt» würde. Der Name «Tapénade» komme übrigens von der provenzalischen Bezeichnung für Kapern, «tapénos».

***

Alain Bonnet sass bereits seit morgens um sieben in seinem Büro und war alles andere als zufrieden. Auf fünf Uhr abends hatte sich Kommissarin Faure angemeldet und er war noch nicht viel weiter im Fall Heinzelmann als am Anfang. Immerhin hatte er die Sache mit der Freigabe der Leiche relativ schnell erledigen können. Statt einen formellen Autopsieauftrag bei der Präfektur einzureichen, hatte er seine Kontakte spielen lassen und im Spital Apt erfahren, dass die üblichen forensisch-toxikologischen Analysen nach der Einlieferung der Leiche unaufgefordert durchgeführt worden seien. Die Gendarmerie in Bonnieux habe aber nur die Resultate des Alkoholtests verlangt und so habe man halt auch nur diese geliefert. Nachdem Bonnet die Analyseergebnisse per Fax erhalten hatte und dabei nichts Auffälliges festgestellt werden konnte, hatte er zuerst mit Kommissarin Faure und dann mit der Sekretärin des Präfekten telefoniert. Zwei Stunden später war die Leiche zur Beerdigung frei gegeben worden.

Danach hatte er sich die Banken vorgeknöpft. In seiner jahrelangen Praxis hatte er unzählige wertvolle Beziehungen aufgebaut. Er hatte zwar die offiziellen Auskunftsaufrufe bei Banken, Versicherungen und Notariaten erlassen, parallel dazu aber seine eigenen Kanäle zu nutzen versucht. Leider bisher ohne sichtliche Erfolge. Nach der Durchsicht der leider unergiebigen Morgenpost hing er sich ans Telefon und begann auf diesem Weg die Nadel im Heuhaufen zu suchen.

Er hatte die Hoffnung schon fast aufgegeben, als kurz vor Mittag das Telefon läutete und sein Pétanque-Kumpel Gérard von der Crédit Agricole am Apparat war. Brigitte Heinzelmann sei tatsächlich Kundin bei ihnen, verriet ihm sein langjähriger Freund mit einem gewissen Stolz. Er habe zwei Konten gefunden, welche auf ihren Namen lauteten. Beim einen handle es sich um ein Fondskonto in der Grössenordnung von einer halben Million Euros, welches offensichtlich der langfristigen Geldanlage diene. Daneben bestehe ein Privatkonto, wie es die meisten Kunden besitzen würden.

«Ich brauche unbedingt einen Kontoauszug über die letzten paar Monate. Wo können wir uns treffen?», versuchte Bonnet seinen Freund unter Druck zu setzen.
«Du weisst ganz genau, dass ich für solche Auskünfte eine Verfügung der Präfektur benötige!», gab ihm Gérard zur Antwort.

«Gut, dann wird halt heute Abend nichts aus der vereinbarten Pétanque-Partie», gab sich der alte Polizeifuchs scheinbar geschlagen.

Eine halbe Stunde später sassen die beiden alten Freunde bei einem Pastis und Alain Bonnet bekam «inoffiziell» die gewünschten Bankauszüge.

***

Monsieur Blanc begrüsste mich wie einen alten Bekannten, als ich kurz vor Mittag in seine Werkstatt eintrat. Nein, er vermiete eigentlich keine Autos, erklärte er bedauernd, aber ich könne ohne Weiteres zwei, drei Tage seinen alten Citroën BX benützen, wenn mir das dienlich sei. Er lasse ihn nach dem Mittagessen vom Lehrling bereitstellen, ich solle am späteren Nachmittag vorbeikommen.

Auch in der «Bar du Cercle» wurde ich wie ein Stammgast empfangen, obwohl ich dort erst ein paar wenige Mal eingekehrt war. An einem Tischchen unter der Pergola sassen zwei Männer, welche an der Beerdigung in den Bänken vor mir gesessen waren. Sie nickten mir zu, bedeuteten mir, ich solle mich doch an ihren Tisch setzen, stellten sich ohne Umschweife als Emmanuel und Philippe vor und gaben sich als Freunde von Brigitte zu erkennen. Noch bevor ich bestellen konnte, luden sie mich zum Nachtessen bei sich zu Hause ein. Sie hätten eine Grillade geplant und würden sich freuen, wenn ich auch dabei sein könnte.

«Die Freunde unserer Freunde sind auch unsere Freunde», war ihre Begründung für die unverhoffte Einladung.

***

Ein wenig ein schlechtes Gewissen hatte Alain Bonnet schon, dass er bei seinem Freund den Kontoauszug fast erpresserisch «beschafft» hatte. Enttäuscht stellte er allerdings fest, dass in den letzten sechs Monaten keine aussergewöhnlich grossen Überweisungen verbucht waren. Immerhin konnte er der Kommissarin etwas präsentieren. Wahrscheinlich würde sie ihn beauftragen, Absender und Empfänger der wiederkehrenden Bewegungen ausfindig zu machen. Da Madame Faure erst in zwei Stunden aufkreuzen würde, entschloss er sich, den zu erwartenden Auftrag in eigener Initiative zum Voraus anzupacken.

Auf dem Konto CG-12386-00-02 von B.H. waren neben kleineren Checkbezügen allmonatlich eine Einzahlung in der Höhe von 4986.25 Euro und eine Auszahlung von 1000 Euro verbucht.

Die regelmässigen Einzahlungen waren mit dem auffälligen Vermerk «00000-03-57943567» versehen. Die fünf Nullen waren jedem Polizeischüler als Hinweis auf eine staatliche Zahlstelle bekannt, 03 war die Kennziffer des Verteidigungsministeriums. Hatte Madame Heinzelmann für das Verteidigungsministerium gearbeitet?

Empfänger der monatlichen Überweisung von 1000 Euro war offensichtlich eine Privatperson, denn der Vermerk LR-8675-00-01/A.V. bedeutete, dass der Betrag jeweils auf ein ebenfalls bei der Crédit Agricole geführtes Konto einer Privatperson mit den Initialen A.V. übertragen wurde.

Im gleichen Moment, in dem Geneviève Faure eintrat, kam auch der mit Spannung erwartete Anruf aus Paris. Der entfernte Verwandte von Alain Bonnet arbeitete zwar seit über zwanzig Jahren in einer untergeordneten Funktion beim Verteidigungsministerium, führte sich jedoch stets als überaus wichtig auf, als ob er in der obersten Hierarchiestufe sitzen würde. Es sei für in ein Leichtes gewesen, das Dossier von Brigitte Heinzelmann einzusehen. Die monatlichen Überweisungen erfolgten aufgrund von zwei Verfügungen, nämlich einer ersten vom 22. April 1961 und einer zweiten vom 28. August 1972.

Das Datum des 22. April 1961 ist in Frankreich jedem Kind ein Begriff, denn an diesem Tag übernahmen die Putschgeneräle Salan, Jouhaud, Challe und Zeller in Algier die Macht. Staatspräsident Charles de Gaulle erschien darauf in Uniform vor der Fernsehkamera, verurteilte den Putschversuch des «Viergespanns pensionierter Generäle» und setzte binnen vier Tagen dem Staatsstreich ein Ende. Die Anhänger des französischen Algerien sammelten sich in der Folge in der «Organisation der Geheimarmee» (OAS) und griffen zum Terrorismus im Mutterland und in Algerien. Sie unternahmen zahlreiche Mordanschläge gegen de Gaulle. Erst mit dem im Mai 1962 unterzeichneten Abkommen von Evian endeten die Feindseligkeiten. Algerien wurde unabhängig.

Aber was sollte der Putschversuch in Algerien mit Brigitte Heinzelmann zu tun haben? Sie war ja 1961 noch ein ganz kleines Kind. Und was war mit dem zweiten Datum? Weder Alain Bonnet noch Geneviève Faure sagte der 28. August 1972 irgend etwas. So oder so war Brigitte Heinzelmann auch 1972 noch ein Kind und ging noch zur Schule. Aber irgendwie musste ja die monatliche Überweisung des Verteidigungsministeriums mit diesen Daten zusammenhängen. Bonnet übernahm es, nochmals mit seinem Informanten in Paris Kontakt aufzunehmen, um an die beiden Verfügungen heranzukommen und die vorläufig unklaren Fakten und Zusammenhänge zu ergründen.

«Und was ist mit den Versicherungen und den Notariaten?», fragte Kommissarin Faure streng.
Alain Bonnet musste kleinlaut zugeben, dass von dieser Seite noch keine brauchbaren Rückmeldungen eingetroffen seien.
«Das wird noch ein paar Tage dauern, bis wir wissen, ob da irgendwelche Hinweise eingehen, welche uns weiterhelfen können», gab er zu bedenken.
Er bemerkte sogleich, dass er mit dieser Antwort die Kommissarin ärgerte. Ob er denn das nach der ehemaligen Justizministerin Elisabeth Guigout genannte Rechtshilfegesetz «Loi Guigout» nicht kenne, welches Banken, Versicherungen, Notariate und andere ver-

pflichte, innert spätestens achtundvierzig Stunden Auskunftsaufrufe zu beantworten?

Selbstverständlich kenne er diesen hilfreichen Gesetzeserlass, welchen die sozialistische Regierung unter Lionel Jospin seinerzeit erlassen habe.
«Aber», rang er um Verständnis, «Sie sind doch hier aufgewachsen und sollten eigentlich wissen, dass im Midi die Gesetze aus dem tausend Kilometer entfernten Paris an die hiesigen Umstände angepasst werden müssen.»
Auskunftsaufrufe erfolgten hier im Süden nicht per Fax, erklärte er der Frau, die er bewunderte, weil hier bei Weitem nicht in jedem Büro ein solches Gerät stehe. Damit sei die Achtundvierzig-Stunden-Frist bereits illusorisch. Zudem brauche am Mittelmeer eben alles ein wenig länger. Mit einer Woche müsse in der Regel schon gerechnet werden.

***

Als ich mich mit dem Citroën BX, den ich zwei Stunden zuvor bei Monsieur Blanc abgeholt hatte, dem Haus näherte, das mir Emmanuel beschrieben hatte, kam mir eine deutsche Dogge entgegen, welche derart furchterregend aussah, dass ich nicht auszusteigen wagte. In der Zwischenzeit war Philippe aus dem herrschaftlichen Gebäude getreten, wies den Hund zur Ruhe und begrüsste mich wie einen alten Freund.

Unter dem breit ausladenden Kastanienbaum vor dem Haus war ein riesiger runder Tisch gedeckt. Ich schien der erste Gast zu sein, obwohl es bereits kurz vor acht war. Nun trat auch Emmanuel aus dem Haus, umarmte mich überschwänglich und verküsste mich nach einem dezidierten «on fait la bise». Einerseits war ich nach den Aufregungen der letzten Tage für die freundschaftliche Aufnahme sehr empfänglich, anderseits war ich ein wenig verlegen, weil ich es ganz einfach nicht gewohnt war, von Männern umarmt zu werden. Bereits im Dorf hatte ich gemerkt, dass Emmanuel und Philippe ein Homo-Paar waren. Obwohl mir mein Vater seinerzeit in allem Ernst erklärt hatte, Homosexualität sei eine Krankheit, fühlte ich mich bei den beiden sofort wohl. Es war für mich ganz einfach eine neue Erfahrung.

Emmanuel war der Typ des grossgewachsenen schwarzhaarigen Südländers mit einer starken Ausstrahlung, während Philippe daneben klein und unscheinbar wirkte, aber distinguiert seine gute Erziehung zur Schau trug.

Während sich Emmanuel zurück in die Küche verzog und Philippe mir einen Aperitif holte, bestaunte ich den geschmackvoll gedeckten Tisch und zählte darauf vierzehn Gedecke. Das würde ja eine rechte Tafel geben. Etwas abseits brannte in einem Aussencheminée ein Feuer und daneben entdeckte ich die offensichtlich zum Grillieren vorgesehenen Berge von Fleisch. Auf drei grossen Platten waren Lammkoteletten, Schweinskoteletten und Andouillettes aufgetürmt, wahrscheinlich pro Person mindestens je ein Stück.

***

Zur gleichen Zeit war Henri Faure in der Küche seiner Dreizimmerwohnung an der Rue Fontagne in Marseille beschäftigt, wo er seit über vierzig Jahren wohnte.

Er hatte seiner Tochter Geneviève versprochen, wieder einmal wie früher eine Soupe au Pistou zuzubereiten. Die nötigen Zutaten war er eigenhändig auf dem nahe gelegenen Place du Marché des Capucins einkaufen gegangen. Die Kartoffeln und Karotten hatte er geschält, die Zucchini ungeschält in Würfel geschnitten. Den Lauch hatte er in dünne Ringe und die grünen Bohnen in gleichmässige Stücke geschnitten. Die Tomaten hatte er in heisses Wasser getaucht, dann geschält und wie immer von Hand die Kerne hinausgedrückt. Auf kleinem Feuer hatte er das Gemüse köcheln lassen. Dazwischen hatte er den Knoblauch mit einer Messerspitze Salz und dem Basilikum im Mörser zerstossen und dann tropfenweise Olivenöl untergerührt, um eine sämige Creme, eben die «Pistou», zu erhalten. Viel zu früh war das Nachtessen bereit, aber das war nicht weiter schlimm, denn schliesslich wird eine Soupe au Pistou nach dem Aufwärmen nur noch besser.

Er konnte also das Gas abschalten und getrost vor dem Fernseher auf das Eintreffen von Geneviève warten.

Eigentlich war die Dreizimmerwohnung für ihn alleine viel zu gross. Trotzdem hatte er die Wohnung nach der Pensionierung und auch nach dem Tod seiner Frau behalten. So konnte Geneviève jederzeit bei ihm wohnen. Zudem hatte er die Hoffnung nie ganz aufgegeben, dass seine Tochter einmal auf der nahe gelegenen Präfektur eine Stelle finden würde und dann würde sie sicher um die günstige Wohnung froh sein.

***

Nach und nach waren die übrigen Gäste bei Emmanuel und Philippe eingetrudelt. Bei jedem der neu eintreffenden Paare dasselbe Trari-Trara mit derselben überschwänglichen Begrüssungszeremonie und jedes Mal wurde ich als «l'ami suisse de Brigitte» vorgestellt. Jedes der fünf Paare brachte etwas zum Nachtessen mit. Ich sah wie verschiedene Schüsseln und Flaschen in das Haus getragen wurden. Peinlicherweise hatte ich nicht daran gedacht und war mit leeren Händen erschienen.

Zehn Uhr war deutlich vorbei, als man endlich unter dem Kastanienbaum zu Tische ging. Ich suchte mir einen freien Platz. Trotz des riesigen Tisches war es wegen der grossen Personenzahl recht eng. Als ich meine vielleicht vierzigjährige Tischnachbarin, welche sich als Nicole vorgestellt hatte, darauf aufmerksam machen wollte, dass anscheinend ein Gedeck zu viel vorbereitet worden sei, begegnete sie mir mit einem strafenden Blick. Auf mein Insistieren hin erklärte sie mir, jemand habe sich anscheinend im letzten Moment entschuldigen müssen, aber man dürfe niemals einen Tisch mit dreizehn Gedecken herrichten, das bringe Unglück.

Zuerst wurden Melonen mit Rohschinken, eine hausgemachte Enten-Terrine sowie mit Thunfisch gefüllte Tomaten aufgetischt. Dazu wurden verschiedene Weinflaschen geöffnet und auf den Tisch gestellt. Ich erkannte kaum zweimal dieselbe Etikette und nahm an, es handle sich um die von den andern Gästen mitgebrachten Flaschen. Für mich ungewohnt war auch, dass nicht die Gastgeber den Wein einschenkten, sondern die Gäste sich selbst bedienten.

Darauf folgte der üppige «Grill-Gang». Leider waren die Lamm- und Schweinskoteletten sowie die Andouillettes alle etwas verkohlt, aber Emmanuel, der als «Grill-Meister» im Element zu sein schien, wurde trotzdem von der Tafel wegen der speziellen Marinade hoch gelobt. Auch sonst wurde viel und lautstark geredet, meistens allerdings alle durcheinander. Noch einmal hörte ich die Geschichten von Madame Audiberts Oberschenkelhalsbruch, von den Gerüchten über fragwürdige Beziehungen innerhalb des Gemeinderates und über die junge Bäckersfrau, welche mit dem Schafhirten ausgerissen sei.

Vor dem Dessert folgte der in Frankreich unverzichtbare «Käse-Gang». Aufgetragen wurde aber nicht eine Käseplatte mit einer Auswahl aus den rund sechshundert in Frankreich hergestellten Käsesorten, sondern ein ganzer «Tomme de Savoie» und ein zirka dreissig Zentimeter Durchmesser aufweisender Brie. Dazu wurde ausgiebig die Arbeit der Mairie kommentiert, diskutiert und vor allem kritisiert. Heftig umstritten waren sowohl die bewilligten als auch die abgelehnten Bauvorhaben. Die Anwesenden waren sich einig, mit guten Beziehungen sei jede Baubewilligung erhältlich. Besonders kritisiert wurde die Arbeit der beratenden Architektin des

Denkmalschutzes, deren kleinliche Auslegung der Bauvorschriften bald soweit gehe, dass die bestehende Bausubstanz nicht mehr zeitgemäss genutzt werden könne. Am meisten zu reden gab aber die Absicht der Gemeinderatsmehrheit, auf dem Boules-Platz hinter dem Friedhof einen Gemeindewerkhof zu bauen.

Die Nachspeise bestand aus einer mächtigen Schüssel Fruchtsalat und zwei Eistorten, denen anzusehen waren, dass die «Kühlkette» zwischen Einkaufszentrum und Nachtessen irgendwo unterbrochen worden war, was einen Teil der Garnitur in Mitleidenschaft gezogen hatte. Dazu wurde reichlich Champagner ausgeschenkt.

Die Diskussionsthemen hatten sich nun in Richtung der nationalen Politik verschoben. Die Verfechter des traditionellen französischen Humanismus prallten frontal mit den Fanatikern zusammen, welche die Ausländer, insbesondere «les Arabes», für die stagnierende Wirtschaft und die zunehmende Kriminalität verantwortlich machen wollten.

An Nicolas Sarkozy wurde kein guter Faden gelassen. Sowohl die hohe Arbeitslosigkeit, die ungenügenden Preise für die Kirschen, die Absatzprobleme beim Wein als auch der schleichende Kaufkraftverlust wurden dem Präsidenten der Republik angelastet. Ich wäre nicht überrascht gewesen, wenn Sarkozy auch noch für den Frühjahrsfrost, die Trockenheit und die Hagelschäden verantwortlich gemacht worden wäre.

«Die positiven Leistungen unseres Staatspräsidenten würden leider von den Medien viel zu wenig gewürdigt», behauptete schliesslich einer der Gäste.
«Sarko ist ein verkappter Faschist und für Frankreich nicht nur eine Schande, sondern eine Katastrophe», wurde ihm entgegen gehalten, und plötzlich begannen alle wild durcheinander zu schreien.
Die Männer bekamen hochrote Köpfe und schienen zu glauben, wenn sie ihre Meinung nur laut genug kund tun würden, seien die andern zu überzeugen.

«Ich bin zwar keineswegs ein Fan von Sarko, aber ihn einen Faschisten zu nennen, geht zu weit», liess sich Emmanuel mit seiner sonoren Stimme nun vernehmen.
«Meine Familie hat unter dem Franco-Faschismus gelitten, darum weiss ich, wovon ich rede.»

Nun war Philippe an der Reihe. Mit einer Lektion über den Faschismus konnte er mit seiner Bildung und seinem Wissen auftrumpfen.

«Der Ausdruck Faschismus ist in Italien entstanden», begann er zu dozieren und die Runde hörte ihm mehr oder weniger interessiert zu.
«Benito Mussolini hat 1919 in Mailand mit vierzig Gefährten den <fascio di combattimento> gegründet, was nichts anderes heisst als Kampfbund. Der Faschismus basiert auf dem Konzept eines totalitären Staates unter der autoritären Führung eines Einzelnen. So wie der <Duce> in Italien, haben auch Franco in Spanien und Salazar in Portugal faschistische Diktaturen errichtet. Auch verschiedene Militärdiktaturen in Südamerika sind

faschistische Regime. Sarkozy scheint meines Erachtens tatsächlich Sympathien für faschistische Ideen zu hegen. Immerhin hat er sich schon öfters zu rassistischen Aussagen hinreissen lassen. Zudem ist für ihn staatliche Gewalt ein legitimes Mittel. Schliesslich zeigt er offen, dass er sich als Führer der Franzosen sieht, denen er Mut und Kraft geben und zeigen will, wohin der Weg führen soll.»

***

Beim einfachen Nachtessen, welches Henri und Geneviève Faure zusammen am feierlich gedeckten Esstisch im Wohnzimmer einnahmen, wurde weniger leidenschaftlich diskutiert. Die Tochter musste ihrem Vater mehrmals versichern, dass die Soupe au Pistou keineswegs versalzen sei und dass der ausgezeichnete Bandol-Rosé genau die richtige Temperatur aufweise. Dass er ihr zuliebe einen in Nussbaumblätter eingewickelten reifen Banon-Käse besorgen würde, hatte sie eigentlich im Geheimen gehofft. Dass er sich aber noch die Mühe gemacht hatte, für das Dessert Fugasses nach dem Rezept ihrer Mutter zu backen, veranlasste sie, ihn herzlich zu umarmen und ihm auf jede Wange einen breiten Kuss zu geben.

Sie wusste, was es ihm bedeutete, seine Tochter bei sich zu haben und sie kulinarisch zu verwöhnen. Ausnahmsweise verzichtete sie sogar darauf, gegen seinen Willen während des Essens das Fernsehgerät abzuschalten. Bei den Spätnachrichten des Lokalsenders ertappte sie sich sogar dabei, ab und zu einen Blick auf den Bildschirm zu werfen. Unvermittelt blieb ihr ein Stück der mürben Fugasse im Hals stecken, als der Nachrichtensprecher meldete, die Polizei sei daran, einen kürzlich im Luberon tödlich ausgegangenen vermeintlichen Selbstunfall einer Automobilistin neu aufzurollen, weil konkrete Hinweise auf ein Verbrechen aufgetaucht seien. Aus Paris sei extra eine Kommissarin in Marseille angereist, um den von der Gendarmerie schludrig behandelten Fall in die Hände zu nehmen.

Darauf war sie nicht vorbereitet gewesen. Sie ärgerte sich masslos, weil erstens nicht abgesprochen worden war, die Medien zu informieren, und weil zweitens nach den aktuellen Erkenntnissen der Untersuchungen nicht der geringste Anhaltspunkt für ein Verbrechen vorhanden war. Morgen würde auf dem Kommissariat der Teufel los sein. Die Zeitungsleute würden sich beschweren, weil sie sich gegenüber dem TV-Lokalsender benachteiligt fühlten, und die ganze Journalistenhorde würde krampfhaft recherchieren, um zu weiteren Infos zu kommen. Unter diesen Umständen würden sie nicht darum herum kommen, die Flucht nach vorne zu suchen und morgen an einer Medienkonferenz über den Stand der Untersuchungen offen zu informieren.

***

Beim Gelage unter dem Kastanienbaum hatte niemand die für Cucuron sensationelle Meldung mitbekommen, obwohl auch hier der im Salon aufgestellte Fernsehapparat unablässig lief. Die Diskussion konzentrierte sich nicht mehr auf ein einheitliches Thema. Diskutiert beziehungsweise verbal und gestenreich gestritten wurde jetzt in kleinen, sich dauernd verändernden Gruppen.

Zu Beginn des Abends hatte ich trotz der Sprachschwierigkeit versucht, den Gesprächen zu folgen. Zeitweise wurde ich sogar in die Diskussionen einbezogen und um meine Meinung zu einem Streitpunkt gefragt, wobei ich meist das Gefühl hatte, man suche in mir einen Zeugen, welcher die eigene Haltung stütze. Mit fortschreitender Zeit aber verlor ich den Faden und man schien mich zunehmend zu übersehen.

Die lange Aperitifphase und die reichlich fliessenden Alkoholgetränke begannen sich nicht nur bei mir, sondern bei den meisten übrigen Anwesenden bemerkbar zu machen. Als gegen drei Uhr die ersten zwei Paare Anstalten machten, um aufzubrechen, wollte ich mich anschliessen und mich ebenfalls verabschieden. Ich hatte aber die Rechnung ohne Emmanuel gemacht. Wir seien ja noch gar nicht dazu gekommen, über Brigitte zu reden, bedauerte er und nötigte mich, wieder abzusitzen. Sie hätten Brigitte zwar nur flüchtig gekannt, gab er zu verstehen, aber als Zugezogene fühle man sich in einem kleinen Dorf wie Cucuron verbunden. Als ich ihn fragte, woher er denn stamme, erzählte er mir freimütig gleich seine Lebensgeschichte.

Emmanuel hatte das Licht der Welt in Madrid erblickt. Sein Vater war ein kleiner Beamter beim Finanzministerium gewesen. Als das Regime von General Franco merkte, dass er Mitglied der verbotenen Sozialistischen Partei war, wurde er fristlos entlassen und als Persona non grata bezeichnet. Weil Emmanuels Mutter einen fernen Verwandten in Avignon hatte, zog die ganze Familie mit ihren fünf Kindern in die Stadt der Päpste. Der Vater fand eine Teilzeitbeschäftigung auf dem Sekretariat des örtlichen Parti socialiste und die Mutter verdiente als Putzfrau ein paar Sous dazu.

Emmanuel hatte schon früh in der Pubertät gemerkt, dass ihn Mädchen nicht interessierten. Nach seinen ersten homoerotischen Erlebnissen hatte er bald herausgefunden, wie er als gelegentlicher Strichjunge sein Sackgeld aufbessern und darüber hinaus noch einen Beitrag zum Unterhalt der Familie leisten konnte. An seinem fünfzehnten Geburtstag lernte er am Rande des Festivals de Théâtre den künstlerischen Direktor der Opéra de Paris kennen, welcher von nun an mindestens einmal monatlich nach Avignon reiste, um mit ihm im Hotel ein Wochenende zu verbringen.

Ein Jahr später reiste Emmanuel nach Paris zu Serge, wie der Theaterdirektor hiess.
«Serge war nicht nur mein Liebhaber, er war gleichzeitig auch mein väterlicher Freund und mein Erzieher. Er lernte mich, wie man sich bei Tisch und in der Gesellschaft benimmt und er führte mich in Paris in die Welt der grossen Leute ein», versicherte mir Emmanuel mit glänzenden Augen.
Auf diese Weise machte er Bekanntschaft mit dem damaligen Show business der französischen Metropole.

Nach einiger Zeit langweilte ihn das Nichtstun und Serge vermittelte ihm eine Anstellung in einer der renommiertesten Damenboutiquen. Als dieses Geschäft in Konkurs ging und er seine ungewisse Zukunft einer wohlhabenden Kundin klagte, schlug ihm diese vor, sie würde das Geschäft kaufen und er solle die Boutique auf eigene Rechnung führen. Das war die Chance seines Lebens. Sein spanisches Temperament, sein Charme und seine durch Serge gewonnenen Beziehungen waren die Basis für einen ausserordentlich erfolgreichen Geschäftsgang. Innert weniger Jahre konnte er in Paris an bester Lage zwei Filialen eröffnen.

«Aber die Bäume wachsen nie in den Himmel», gab Emmanuel eine seiner Lebensweisheiten zum Besten.
Während er geschäftlich höchst erfolgreich war, erkrankte sein Partner an Krebs und verstarb nach kurzem Leiden.

In seiner Traurigkeit traf er zufällig Philippe, den Sohn eines französischen Diplomaten und einer polnischen Adelstochter.
«Liebe auf den ersten Blick», wie Emmanuel theatralisch versicherte und sich von Philippe mit einem würdevollen Nicken bestätigen liess.
Philippe, dem man irgendwie ansah, dass er Zeit seines Lebens nie hatte arbeiten müssen, war kurz zuvor wegen seiner Homosexualität von seinem Vater mit einer nicht unbeträchtlichen Geldsumme zum Verzicht auf das Familienerbe gezwungen worden und beschwor Emmanuel, mit ihm in die Provence zu ziehen.

«Liebe macht blind», lautete eine weitere Lebensweisheit von Emmanuel.

Jedenfalls hatte er seinerzeit sein erfolgreiches Geschäft in Paris aus Liebe zu Philippe fahren lassen.

Wir sassen immer noch unter dem Kastanienbaum, als sich der neue Tag ankündigte. Erst jetzt bemerkte ich, dass neben mir nur noch ein einziger Gast anwesend war. Nicole trat mit verweinten Augen aus dem Haus und klagte uns ihr Leid. Ihr momentaner Lebenspartner Eric war vor über einer Stunde wütend ins Auto gestiegen und seither nicht wiedergekehrt. Auf Emmanuels Frage wollten weder Nicole noch Philippe den Grund des überstürzten Abgangs mit Sicherheit kennen. Eric habe sich mit den andern Männern wie üblich bei den politischen Diskussionen gestritten, aber davon gerannt sei er doch in solchen Situationen noch nie. Vielleicht habe sie zu viel mit mir geflirtet, gab Nicole zu bedenken. Aber sie seien ja nicht verheiratet und sie hätte seinerzeit ja auch Szenen machen können, als Eric ständig Brigitte Heinzelmann den Hof gemacht habe.

Ich soll mit Nicole geflirtet haben? Ich war zwar froh, eine Gesprächspartnerin gefunden zu haben, während sich die Männer in die Politik verbissen hatten, und ich hatte Nicole auch das eine oder andere Kompliment gemacht, aber geflirtet? Und was war zwischen diesem Eric und Brigitte wohl genau gewesen?

Eric antwortete weder auf seinem portablen Telefon noch auf seiner Hausnummer. Nicole begann zu schluchzen und war sich sicher, dass Eric mit dem Auto verunfallt sein müsse. Wir berieten, was zu tun sei. Nervös begannen Emmanuel und Philippe herumzute-

lefonieren. Sie riefen bei den Sapeur-Pompiers, bei der
Gendarmerie und bei den umliegenden Spitälern an.
Nirgends war ein Autounfall gemeldet worden.

Kurz nach sieben Uhr fuhr Eric mit seinem Renault
Laguna vor, als ob nichts gewesen wäre. Unter dem
Arm trug er einen grossen Papiersack, aus dem uns der
frische Duft von Croissants entgegen schwebte. Nicole
fiel ihm um den Hals, sie küssten sich so intensiv, dass
es für uns daneben Stehende fast peinlich wurde, und
Philippe stellte trocken fest, damit sei es wohl Zeit zum
Frühstücken.

Von der Kirche her schlug es gerade halb acht, als ich
mit dem Citroën BX von Monsieur Blanc in die Einfahrt zu Brigittes Haus einbog. Ich hatte nichts anderes
mehr im Kopf als ein Bett. Trotz der durchzechten
Nacht läutete aber in mir eine Alarmglocke, als ich das
Wohnzimmer betrat. Instinktiv spürte ich, dass etwas
nicht in Ordnung war. Zuerst fiel mir auf, dass die Küchentüre offen war, welche ich mit Sicherheit beim Verlassen des Hauses geschlossen hatte. Dann sah ich, dass
der Bürostuhl nicht mehr so vor dem Sekretär stand wie
zuvor und dass auch das Telefon verschoben worden
war. Schliesslich stellte ich zweifelsfrei fest, dass die
Schubladen des Sekretärs durchsucht worden waren.

Irgendjemand musste während meiner Abwesenheit
hier etwas gesucht haben. Hatte man mich weggelockt?
Hatte das etwas mit der vierzehnten Person zu tun, die
sich angeblich im letzten Moment entschuldigt hatte,
oder war Erics Weggang nur inszeniert worden, um

ungestört Brigittes Wohnung zu durchsuchen? Welche Beziehung hatte dieser zu Brigitte? Hatte mich Emmanuel mit seiner Lebensgeschichte bewusst hingehalten?

***

Wie die Hyänen hatten die Journalistinnen und Journalisten im Kommissariat gelauert, als Geneviève Faure dort eintraf.
«Ob es Ihnen passt oder nicht, Sie müssen sich bis zur Medienorientierung um 10 Uhr gedulden», blieb sie hart und kämpfte sich durch die lechzende Meute.

Bereits am Morgen früh hatte sie mit dem Oberkommissar und mit Alain Bonnet telefoniert. Keiner hatte eine Ahnung, woher der Spürhund des TV-Lokalsenders den Tipp erhalten hatte. Der Oberkommissar hatte sich mit ihrem Vorschlag, eine Medienkonferenz durchzuführen, sofort einverstanden erklärt und ihr freie Hand gegeben.
«Seien Sie vorsichtig, diese Blutsauger sind mit allen Wassern gewaschen», hatte er sie gewarnt und sie ihrem Schicksal überlassen.

Bonnet hatte sich offensichtlich fürchterlich geärgert und kaum geschlafen, wie er ihr gestand.
«Das haben wir jetzt von dieser verdammten Medienliberalisierung», polterte er ungewohnt heftig.

Früher hätten sie zu allen Redaktionen persönliche Beziehungen gepflegt und es wäre niemandem in den Sinn gekommen, ohne Rückfrage beim Kommissariat einen solchen Unsinn in die Welt zu setzen. Mit der Liberalisierung der elektronischen Medien seien die privaten Radio- und TV-Sender wie Pilze aus dem Boden geschossen. Das habe zu einer zerstörerischen Konkurrenz und zu einem vom Recherchierjournalismus geprägten Wettlauf um Neuigkeiten, Sensationen und Skandale geführt. Das Niveau der neuen Boulevard-Medien sei damit bedenklich gesunken. Werte wie Anstand, Ethik und Verantwortungsbewusstsein seien im Mistkübel gelandet. Die Spürhunde der Redaktionen seien der französischen Sprache kaum mehr mächtig, pflegten oft den Schreibstil eines Oberschülers und hätten keine Hemmung, bei der Beschaffung der für sie wichtigen Informationen auch mal illegale Methoden anzuwenden.

Der Presseraum platzte aus allen Nähten. Sämtliche lokalen und regionalen Redaktionen von Zeitungen, Radios und Fernsehanstalten waren vertreten, die meisten zu Zweien. Kommissarin Faure liess sich weder von der gereizten Stimmung noch von den wild durcheinander geschrieenen Vorwürfen und Fragen beeindrucken. Sie setzte sich oben an den Tisch, bat den vorsorglich aufgebotenen Planton rechts und links von ihr einen Meter freien Platz zu schaffen und wartete unerschütterlich mit verschränkten Armen, bis Ruhe eintrat.

«Es freut mich, dass Sie sich für unsere Arbeit interessieren und ich heisse Sie herzlich willkommen», begann sie ihre Ansprache in perfektem Marseiller Dialekt.
«Erlauben Sie, dass ich mich vorstelle. Ich heisse Geneviève Faure, bin hier in Ihrer Stadt aufgewachsen und

nun als Polizeikommissarin in Paris stationiert. Der Fall, für den Sie sich interessieren, ist mir einzig und allein deshalb übertragen worden, weil hier zur Zeit in Folge des Personalabbaus keine Kapazitäten frei waren. Leider kann ich Ihnen keinen Knüller bieten. Das ist auch der Grund, weshalb wir bisher auf eine Information der Öffentlichkeit verzichtet haben. Wie Sie wissen, hat gestern Abend die Ihnen bekannte Redaktion über die laufenden Untersuchungen berichtet. Wir waren vom verantwortlichen Journalisten weder informiert noch befragt worden. Das ist in unserer Republik das gute Recht jedes Medienschaffenden. Fatalerweise wurden aber die Zuschauerinnen und Zuschauer dieses Senders falsch informiert. Entgegen der ausgestrahlten Nachrichtenmeldung gibt es keinerlei konkrete Hinweise auf ein Verbrechen. Ich bedaure diese journalistische Fehlleistung ausserordentlich und hoffe, die betreffende Redaktion habe zumindest die Grösse, heute Abend eine Richtigstellung auszustrahlen und sich zu entschuldigen!»

Im überfüllten Presseraum war es mäuschenstill geworden. Das waren sich die Medienleute hier nicht gewohnt. Noch nie war einem ihrer Kollegen in aller Öffentlichkeit an einer Medienkonferenz derart die Kappe gewaschen worden. Nicht an Medienkonferenzen der Polizei und schon gar nicht bei solchen von Politikerinnen und Politikern. Zu gross war die Angst, von den Medien verrissen zu werden, wenn man sich mit ihnen anlegen würde. Besonders pfleglich wurde hier mit der Redaktion des betroffenen Lokalsenders umgegangen, weil dessen Direktor Gali zu allen wichtigen Leuten in

Politik und Wirtschaft hervorragende Beziehungen pflegte. Wahrscheinlich war es ein Bisschen mediterrane Übertreibung, aber man munkelte, in Marseille sei es praktisch unmöglich, eine Wahl zu gewinnen oder ein wichtiges Geschäft abzuschliessen, wenn der allmächtige Gali dagegen sei.

Alain Bonnet machte sich Vorwürfe, dass er die Kommissarin nicht gewarnt und über die in Marseille herrschenden Machtverhältnisse orientiert hatte. Aus den Gesichtern der Medienleute las er einerseits eine gewisse Bewunderung heraus. Noch deutlicher aber war eine offensichtliche Schadenfreude erkennbar, nur wusste Bonnet nicht so recht, ob diese Schadenfreude dem fehlbaren Journalisten und dessen Redaktion galt oder der eingebildeten Kommissarin, welche mit Sicherheit für ihre Kapuzinerpredigt auf die eine oder andere Art bestraft würde.

Geneviève Faure schien mit den Reaktionen der Journalistinnen und Journalisten zufrieden zu sein. Sachlich und umfassend orientierte sie anschliessend über den Todesfall Brigitte Heinzelmann, gab die wichtigsten Personalien der Toten bekannt, projizierte emotionslos die von der Gendarmerie erstellten Bilder des bordeauxroten 2 CV, gab die Resultate der Autopsie bekannt und schilderte mit stoischer Ruhe, warum diese vorerst nicht weiter geleitet worden seien.

Offen beschrieb sie die von ihr veranlassten Abklärungen, welche sie als reine Routinemassnahmen darstellte. Mit einem Augenzwinkern bat sie die Anwesenden zu bedenken, dass hier im Süden eben alles ein wenig mehr Zeit beanspruche und deshalb noch kein abschliessendes Bild gemacht werden könne. Einzig über die finanziellen Verhältnisse der Verstorbenen bestehe einigermassen Klarheit, wobei vorläufig noch nicht bekannt sei, wie das entdeckte beachtliche Vermögen zustande gekommen sei. Schliesslich bekräftigte die Kommissarin nochmals mit aller Deutlichkeit, dass bisher nicht der kleinste Hinweis auf ein Verbrechen oder auf Selbstmord vorhanden sei. Glaubwürdig versprach sie, die Medien unverzüglich zu informieren, wenn neue Erkenntnisse auftauchen würden.

Offensichtlich glaubten die Journalistinnen und Journalisten, dass ihnen nichts verheimlicht worden war. Jedenfalls waren sie plötzlich lammzahm geworden und stellten nur noch ein paar belanglose Fragen. In den Redaktionsstuben war man sich einig, dass das Thema keinen Stoff für Schlagzeilen, sondern höchstens für einen Kurzbericht unter «Faits divers» bot.

***

Beim TV-Lokalsender jedoch gab man sich keinesfalls geschlagen. Gereizt wie ein angeschossenes Wildtier hatte Direktor Gali zum Gegenangriff geblasen, als ihm berichtet worden war, wie sein Unternehmen blossgestellt und abgekanzelt worden war. In den Abendnachrichten erfolgte deshalb weder eine Richtigstellung noch eine Entschuldigung, sondern der Hinweis, im Anschluss an die Nachrichten würde im Zusammenhang mit dem «mutmasslichen Mordfall am Luberon» eine kurze Einschaltsendung folgen.

Direktor Gali erschien darauf höchstpersönlich am Bildschirm. Zu den Bildern des zerstörten 2 CV und des Hauses in Cucuron, in welchem «das Opfer gewohnt habe», erklärte er mit einem Unterton des Bedauerns, der Fall sei leider immer noch nicht geklärt. Dann wurden Aufnahmen der Medienkonferenz eingespielt, in welchen Geneviève Faure in einer denkbar unvorteilhaften Perspektive gezeigt wurde. Es frage sich, gab Gali zu bedenken, ob der «Pariser Kommissarin» die Erfahrung fehle oder ob diese die Öffentlichkeit hinters Licht führen wolle. Jedenfalls habe der Sender beschlossen, der «jungen Dame behilflich zu sein». Die Zuschauerinnen und Zuschauer wurden aufgefordert, sachdienliche Hinweise der Redaktion zu melden. Nebst absoluter Diskretion wurden für neue Informationen je nach Bedeutung Prämien bis zu 5000 Euro in Aussicht gestellt.

***

Nichtsahnend ging ich ins Dorf. Ohne lange zu überlegen, hatte ich nach meiner Rückkehr darauf verzichtet, die Gendarmerie anzurufen, um eine Anzeige wegen des nächtlichen Durchwühlens des Sekretärs zu deponieren. Froh, niemanden im Haus zu finden und nach der langen Nacht endlich ins Bett zu kommen, war ich wahrscheinlich sofort in einen tiefen Schlaf gefallen. Gegen Abend hatte mich eine lästige Fliege geweckt, die sich meinen Kopf als Lande- und Startplatz ausgewählt hatte und sich nicht mehr vertreiben liess.

Frisch rasiert, geduscht und mit den noch vorhandenen Resten verpflegt, trat ich in die «Bar du Cercle». Ich war im Moment der einzige Gast und der Patron hatte Zeit für einen Schwatz. Obwohl er sich freundlich und ungezwungen gab, fühlte ich, dass er sich mir gegenüber anders verhielt als in den letzten Tagen. Ich konnte ja nicht wissen, dass die aufdringlichen Leute vom TV-Lokalsender am Nachmittag hier gewesen waren, ihn ausgefragt hatten und er ihnen den Weg zu Brigittes Haus erklärt hatte.

«Fragen Sie doch Louis», riet er mir, als ich ihn fragte, ob er wisse, wem das Haus gehört habe, bevor dieses von Brigitte übernommen worden sei.
Ich hatte nicht bemerkt, dass der alte Pétanque-Spieler eingetreten war, der mir vor der Kirche die Geschichte des «Arbre de Mai» erzählt hatte.
«Louis ist ein lebendiges Geschichtsbuch», sagte der Wirt grinsend zu mir, während er dem neuen Gast ohne diesen zu fragen einen «Cristall», eine der zahlreichen provenzalischen Anis-Likör-Varianten, auf die Theke stellte.

«Auf diesem Haus liegt ein Fluch», begann Louis seine Ausführungen geheimnisvoll und erzählte, dass die unselige Geschichte bereits im 18. Jahrhundert begonnen habe.
Das erste Pestopfer in Cucuron sei am 2. Oktober 1720 in eben diesem Haus entdeckt worden, welches zu jener

Zeit nur ein kleines Cabanon gewesen sei, also ein gemauerter Unterstand, in dem die Bauern ihre Mittagspause verbracht oder bei einem starken Gewitter Unterschlupf gesucht hätten.

Die von der Pest befallene Frau sei eine Fremde mit orientalischem Einschlag gewesen, von der niemand so recht gewusste habe, woher sie gekommen sei. Möglicherweise sei es ganz einfach eine Mätresse eines der damals in Cucuron herrschenden Consuls gewesen, der sie in diesem Häuschen versteckt gehalten hatte.

Nach der Pest sei diese Liegenschaft gemieden und während mehr als zweihundert Jahren von keinem Menschen betreten worden. Erst im Zweiten Weltkrieg habe man das Cabanon wieder genutzt. Die hiesige Résistance habe dort einen Kommandoposten eingerichtet, wo sich die Widerstandskämpferinnen und -kämpfer getroffen hätten, um ihre Pläne zu schmieden und ihre Aktionen vorzubereiten. Doch erneut habe das Unglück zugeschlagen. Am 10. August 1944, also kurz nachdem die Alliierten in Toulon und Marseille gelandet seien, müsse der geheime Standort verraten worden sein. Jedenfalls sei der Kommandoposten von den Deutschen eines Nachts während einer Zusammenkunft in die Luft gesprengt worden und die gesamte Führungsequipe der regionalen Résistance habe dabei den Tod gefunden.

Darauf sei die Liegenschaft während eines Jahrzehntes den Vögeln, Eidechsen und Schlangen überlassen worden. Dann habe das Drama erneut begonnen. Ende der Fünfzigerjahre habe ein hoher Offizier der französischen Armee die Parzelle erworben und darauf das heutige Haus erstellen lassen. Man habe den Hausherrn allerdings nie im Dorf gesehen und er habe nie wirklich in seinem neu erstellten Haus gewohnt. Kurz nach der Fertigstellung des Gebäudes sei der Offizier nämlich in Algerien einem Attentat erlegen.

Wiederum sei das Haus während ein paar Jahren leer gestanden. Dann sei es für kurze Zeit von einer Deutschen bewohnt gewesen. Die junge attraktive Dame habe keinen Kontakt mit der einheimischen Bevölkerung gepflegt und man habe nie so recht gewusst, was sie treibe und ob sie gerade da sei oder nicht. Auch sie sei aber vom Unglück eingeholt worden. Eines Tages sei die Gendarmerie aufgetaucht, habe im Dorf die üblichen Fragen gestellt, auf die man ausweichende Antworten gebe, und man habe erfahren, dass die Frau in Avignon unter mysteriösen Umständen zu Tode gekommen sei. Im «Provençal» habe es dann geheissen, die Frau sei tödlich verunfallt.
«Wie immer, wenn die Polizei nichts findet», meinte Louis vielsagend und stellte abschliessend fest: «Tote verdienen Ruhe.»

Und nun habe sich die Geschichte erneut wiederholt. Nach einem weiteren «Dornröschenschlaf» habe vor ein paar Jahren «Brischitte, la belle blonde» das Haus übernommen und man habe schon geglaubt, der Fluch sei gebrochen. Die neue Bewohnerin habe sich im Dorf gut integriert, habe hier Freunde gehabt und sogar ab und zu mit ihnen eine Pétanque-Partie gespielt. Nun sei, wie ich ja bestens wisse, auch Brigitte unverhofft und zu früh vom Tod eingeholt worden und wiederum schienen die Todesumstände unklar zu sein, wie man gestern im Fernsehen vernommen habe.

«Fernsehen?», fragte ich ungläubig.
Ich hatte dem alten Louis zugehört, ohne ihn zu unterbrechen, und war mir nicht so sicher, was ich von seiner Spukgeschichte halten sollte. Aber jetzt sprach er ja nicht mehr vom 18. Jahrhundert, sondern war in seinen Erzählungen in die Gegenwart gelangt, welche mich ganz direkt betraf.

«Ja, haben Sie denn die Nachrichtensendung gestern Abend nicht gesehen?», fragte Louis ebenso erstaunt zurück.
Eben wollte er erneut ausholen, um mir eine Zusammenfassung der Meldung der gestrigen Spätnachrichten zu liefern, als Direktor Gali auf dem Bildschirm des andauernd laufenden Fernsehapparates in der «Bar du Cercle» erschien. Ich sah die Reste meines bordeauxroten 2 CV und erblickte das angeblich verfluchte Haus, das ich momentan bewohnte. Meine Konsternation war vollkommen, als ich in der «Pariser Kommissarin» meine Gesprächspartnerin im TGV wiedererkannte, die mich in Avignon aus meinem fürchterlichen Traum gerissen hatte.

***

Geneviève Faure hatte sich am Telefon sofort an mich erinnert und sich bereit erklärt, ihr Versprechen einzulösen und mir Marseille, ihre Heimatstadt, zu zeigen.

Ich hatte vermieden, meinen Namen zu nennen und sie hatte nicht danach gefragt. Als Treffpunkt hatte sie den Vorplatz des Gare St. Charles «oben an der Treppe» vorgeschlagen, weil sie davon ausgegangen war, dass ich mit dem Zug kommen würde. Ich war fast eine halbe Stunde vor unserem auf elf Uhr vereinbarten Rendezvous da und hatte Zeit, die vollkommene Harmonie und elegante Ausstrahlung der «Treppe der Quadrate» auf mich wirken zu lassen, welche interessanterweise 4 x 9 = 36 und 4 x 16 = 64, also insgesamt 100 Stufen aufweist und damit auf lauter Quadratzahlen aufgebaut ist.

Ich hatte damit gerechnet, dass Geneviève Faure diese imposante Treppe hochkommen würde. Aber dann stand sie plötzlich einfach da, als ob sie direkt aus der Luft gelandet wäre.

«Herzlich willkommen in der Stadt der Phokäer und des Marcel Pagnol», begrüsste sie mich unternehmungslustig.
Wir stiegen die ausladende Treppe und anschliessend den Boulevard d'Athènes hinunter und standen für mich überraschend schnell an der weltbekannten Canebière, der Haupteinkaufsstrasse Marseilles.
«Wollen Sie lieber wie ein japanischer Tourist in einem Restaurant am alten Hafen oder wie ein einheimischer Kenner in einem Quartierrestaurant essen?», fragte sie mich suggestiv und mir wurde deutlich bewusst, dass ich es mit einer Kommissarin zu tun hatte.

Beim Kaffee im lauschigen Innenhof des Restaurants «Le Clou» am Cours Julien hielt ich das Versteckspiel nicht mehr aus.
«Wie geht es ihrem Vater?», fragte ich beiläufig und erinnerte sie daran, dass sie mir im TGV erzählt hatte, sie würde in Marseille ihren kranken Vater besuchen.
Sie bedankte sich und wollte mir gerade eine höfliche Gegenfrage stellen, doch ich ging einen Schritt weiter und überrumpelte sie mit der Frage «Und wie weit sind Sie im Fall Heinzelmann?».
Die Kommissarin liess sich nicht irritieren.
«Sie haben mich im Fernsehen wiedererkannt», stellte sie nüchtern fest, hatte mir aber anscheinend angemerkt, dass ich etwas zu verbergen versuchte.

Fast, aber eben nur fast hätte sie die Fassung verloren, als ich antwortete:
«Ja, ich habe Sie in der Sendung gestern Abend ebenso wieder erkannt wie meinen bordeauxroten 2 CV, in welchem meine Freundin tödlich verunfallt ist.»
Sie musterte mich während einiger Sekunden mit zugekniffenen Augen und es war ihr anzumerken, wie sie blitzschnell die Dinge in ihrem Hirn ordnete.
«Monsieur Schneider, ich denke, wir sollten die Angelegenheit auf dem Kommissariat besprechen», schlug sie höflich, aber in einem bestimmten Ton vor, der keinerlei Widerspruch erlaubte.

Nachdem wir das Essen bezahlt hatten – Madame Faure hatte auf getrennte Rechnungen bestanden –, waren wir beinahe wortlos ins nahe gelegene Kommissariat gegangen. Sie versuchte den Anschein eines Verhörs zu vermeiden und bat mich, ihr zu erzählen, was ich mit dem Fall Heinzelmann zu tun hätte. Ab und zu unterbrach sie mich, wenn sie in meiner Schilderung eine Lücke zu entdecken glaubte oder wenn sie etwas nicht ganz zu begreifen schien.

Dass ich mich entschieden hatte, zu Brigitte zu ziehen, ohne ihre Vergangenheit und ihre persönlichen Verhältnisse besser zu kennen, wollte sie mir nicht recht abnehmen. Ihre diesbezüglichen Fragen erinnerten mich an das «Kreuzverhör», in das mich Suzanne seinerzeit im Rosengarten in Bern verwickelt hatte.

Hellhörig wurde sie, als ich ihr den Plastiksack mit der öldurchtränkten Erde übergab und ihr berichtete, dass es sich möglicherweise um Bremsöl aus meinem 2 CV handeln könne. Das müsse sie zu Protokoll nehmen, gab sie mir entschuldigend zu verstehen. Ich präzisierte deshalb, dass nicht ich, sondern Aurore Vial, meine Taxi-Chauffeuse beziehungsweise Brigittes frühere Geliebte den Ölfleck entdeckt habe.
«Madame Heinzelmann hatte eine Geliebte? Warum erzählen Sie mir das erst jetzt?», tadelte mich Madame Faure und konnte ihren Ärger kaum mehr verbergen.

Bevor ich mich herausreden konnte, hatte jemand an die Türe geklopft. Die Kommissarin stellte mir Monsieur Bonnet vor, fasste mit ein paar Sätzen unser Gespräch zusammen und beauftragte ihren Mitarbeiter, nach der Taxi-Chauffeuse Aurore Vial zu suchen und diese über ihre persönliche und finanzielle Beziehung zu Brigitte Heinzelmann zu befragen. Ausserdem sei abzuklären, wo Madame Vial am Todestag von Madame Heinzelmann gewesen sei.

Bonnet gab der Kommissarin mit einem fragenden Blick auf mich zu verstehen, dass er eigentlich gekommen sei, um ihr etwas mitzuteilen. Sie forderte ihn mit einer offenen Geste auf, seine Informationen preiszugeben.
«Ich habe Neuigkeiten aus Paris», sagte er stolz.
Sein Verwandter habe im Archiv des Verteidigungsministeriums die beiden Verfügungen gefunden, auf denen die Zahlungen an Madame Heinzelmann basiert hätten. Offensichtlich handle es sich dabei um die Rente eines hohen, regimetreuen Offiziers, welcher 1961 in Algerien bei einem Attentat von der OAS umgebracht worden sei. Dass die Verfügung für die Rentenzahlung ausgerechnet das geschichtsträchtige Datum des 22. April 1961 trage, sei wohl ein reiner Zufall. Die Rente sei vorerst wie in solchen Fällen üblich auf ein Sperrkonto zu Gunsten der damals noch in Deutschland wohnenden, ausserehelichen Tochter des Offiziers einbezahlt worden. Erst mit der Wohnsitznahme in Frankreich habe Brigitte Heinzelmann die Rente direkt ausbezahlt erhalten.

«Und was ist mit der zweiten Verfügung?», wollte Madame Faure wissen.
Dabei handle es sich um einen reinen Administrativakt, erläuterte Alain Bonnet. Im Juli 1972 sei Ingrid Heinzelmann, die Mutter von Brigitte, gestorben. Aus diesem Grund sei mit Verfügung vom 28. August 1972 ein amtlicher Vermögensverwalter eingesetzt worden, wel-

cher für die mündelsichere Anlage des Geldes verantwortlich gewesen sei, bis Brigitte Heinzelmann das 21. Altersjahr beendet hatte.

***

Im Konferenzzimmer des TV-Lokalsenders herrschte eine angespannte Stimmung und die Luft schien zum Abschneiden dick. Auf 18 Uhr hatte Direktor Gali eine Sitzung einberufen, um die Ergebnisse der Zuschauermeldungen und der eigenen Recherchen zusammenzutragen und zu entscheiden, welche Informationen in der Hauptnachrichtensendung verbreitet werden sollten.

Seit dem Aufruf am Vortag waren zwar einige Dutzend Anrufe eingetroffen, verwertbare Hinweise waren aber keine darunter. Neben den in solchen Fällen üblichen Angeboten, mittels Kartenlegen, Pendeln oder Hypnose den Fall zu klären, sowie den Beteuerungen, für das Opfer beten und Kerzen spenden zu wollen, hatte ein angeblicher Privatdetektiv behauptet, eine wichtige Information zu besitzen, welche er aber nur gegen eine Entschädigung von 10 000 Euro preisgeben wollte. Der vereinbarte zweite Anruf war jedoch ausgeblieben und es musste angenommen werden, dass jemand gebluff hatte.

Eine ältere Dame aus Cucuron wollte mitteilen, der besagte Schweizer komme ihr äusserst suspekt vor und habe sich insbesondere während der Abdankung in der Kirche und bei der Beerdigung auf dem Friedhof sehr verdächtig benommen. Eine Begründung für ihren

Verdacht konnte sie allerdings nicht vorbringen und auch die Beteuerung, ihre Nachbarin sei exakt derselben Meinung, machte die Aussage nicht glaubwürdiger.

Auch die beiden routinierten Reporterteams waren mehr oder weniger mit leeren Händen zurück gekommen. Nicht einmal die guten Beziehungen zu einzelnen Gendarmen hatten etwas genützt, obwohl diesen eingeredet worden war, die «Pariser Kommissarin» habe die Arbeit der örtlichen Gendarmerie in den Dreck gezogen und sich über sie lächerlich gemacht.

Direktor Gali war ausser sich vor Wut und sein hochroter Kopf drohte im nächsten Moment zu explodieren.
«Habe ich denn keinen einzigen fähigen Mitarbeiter in diesem Haus?», fragte er provozierend und schob nach: «Wenn ihr schon nicht im Stande seid, News zum Fall zu finden oder wenn nötig zu konstruieren, dann hättet ihr eben auf den Mann beziehungsweise auf die Frau spielen müssen. Ist denn von euch keiner auf die Idee gekommen, ein wenig im Privatleben dieser eingebildeten Kommissarin nach Schwachstellen zu suchen? Blutige Anfänger seid ihr!»

Die Anwesenden schwiegen betreten, starrten auf ihre weitgehend leeren Notizblöcke und liessen die Gardinenpredigt über sich ergehen. Jeder Widerspruch hätte die Wut des Chefs sowieso nur noch gesteigert und allenfalls gleich einen Rauswurf zur Folge haben können.

Wie ein Geschenk des Himmels kam in diesem Moment der Anruf der städtischen Sicherheitspolizei mit der Meldung, auf die Banque de Marseille sei eben ein bewaffneter Raubüberfall mit zwei Todesopfern verübt worden. Die Redaktionssitzung wurde abgebrochen, die Reporterteams rasten davon und die Hauptnachrichten waren «gerettet».

***

Auf der Autobahn Richtung Norden geriet ich mit dem ausgeliehenen Citroën BX in den Feierabendverkehr. Tausende fahren morgens nach Marseille zur Arbeit und abends wieder zurück und nehmen zweimal täglich den oft stundenlangen Stau in Kauf, obwohl eine komfortable Busverbindung besteht und vor ein paar Jahren zusätzlich auf Initiative der linken Mehrheit im Conseil Régional auch die fünfundzwanzig Jahre zuvor stillgelegte Bahnlinie wieder in Betrieb genommen worden ist.

Ich hatte Mühe, mich auf die Strasse und den Verkehr zu konzentrieren. Zuviel war in den letzten Tagen und Stunden passiert. Ich versuchte die Neuigkeiten, welche ich auf dem Kommissariat in Marseille erfahren hatte, mit den Fakten zusammen zu bringen, welche mir bereits vorher bekannt gewesen waren. Langsam aber sicher bekam Brigittes Familiengeschichte Konturen. Nach wie vor unklar war mir jedoch, warum sie sich mehr oder weniger geweigert hatte, darüber zu reden.

Klar war mir nun, dass ihr Vater ein hoher französischer Offizier gewesen war. Nach dem Zweiten Weltkrieg hatte er wahrscheinlich bei den französischen Besatzungstruppen in Berlin gedient, wo er Brigittes Mutter kennen gelernt haben muss. Ich stellte mir vor, dass die schwangere Ingrid Heinzelmann in Berlin zurückblieb, während ihr Liebhaber nach Algerien versetzt wurde – oder sich versetzen liess? In den Wirren des Jahres 1961 erlag er in der ehemaligen französischen Kolonie einem Attentat kurz bevor Algerien ein unabhängiger Staat wurde.

Was war dann aus Ingrid Heinzelmann geworden? Brigitte hatte mir damals in Berlin erzählt, dass ihre Mutter nach Frankreich ausgewandert sei. Was hatte Ingrid Heinzelmann in Frankreich gemacht? Unter welchen Umständen war sie hier gestorben?

Gedankenverloren war ich in Cucuron eingefahren und hatte das Auto vor Monsieur Blancs Garage abgestellt. Den Schlüssel warf ich mit einem unguten Gefühl abmachungsgemäss in seinen Briefkasten, obwohl ich festgestellt hatte, dass dieser nicht abgeschlossen war.

Beim Betreten von Brigittes Haus wurde ich vom klingelnden Telefon aus meinen Gedanken gerissen.
«Ich muss dringend mit dir reden», sagte Aurore unsicher.
«Darf ich vorbei kommen?»

***

Nicht mehr die selbstsichere Taxi-Chauffeuse, die mich von Aix nach Cucuron gefahren hatte, nicht die einfühlende Psychologin, die mich an die Unfallstelle begleitet hatte und auch nicht die kaltschnäuzige Beerdigungsteilnehmerin Aurore Vial sass bald darauf bei mir im Salon. Zu mir gekommen war eine verunsicherte, verängstigte Aurore, welche mir um zwei, drei Jahre älter erschien, als ich sie in Erinnerung hatte.

«Ich halte das nicht mehr aus», klagte sie und schilderte mir, wie sie seit zwei Tagen von einem aufsässigen Journalisten des Lokalfernsehens verfolgt würde.
Mindestens zwanzigmal habe dieser angerufen, obwohl sie ihm von Anfang an klipp und klar erklärt habe, mit ihr gebe es kein Interview. Sie wisse zwar nicht, wie viel dieser tatsächlich in Erfahrung habe bringen können und wie viel nur geblufft sei, aber sie befürchte, dass der Sender Brigitte in den Dreck ziehen wolle.
«Nun fängt alles wieder von vorne an», stöhnte sie.

«Was fängt wieder von vorne an?», fragte ich vorsichtig und sie erzählte, wie es mit ihr und Brigitte angefangen hatte.
Brigitte habe damals schon ein paar Jahre am Lycée in Pertuis Deutsch unterrichtet. Als die neue Deutschprofessorin zum ersten Mal in ihre Klasse getreten sei, hätten sich ihre Blicke getroffen und beiden sei augenblicklich klar gewesen, dass diese Begegnung ihr Leben verändern würde. Brigitte sei sich aber ihrer grossen Verantwortung bewusst gewesen und habe sich sofort beurlauben lassen, um sich nicht dem Vorwurf auszusetzen, eine Minderjährige verführt zu haben, welche zu ihr in einem Abhängigkeitsverhältnis gestanden habe.

Anfänglich habe Brigitte versucht, sich ihr gegenüber eher wie eine ältere Schwester zu verhalten. Sie seien zusammen ins Kino oder in ein Konzert gegangen oder hätten an schulfreien Tagen kleine Ausflüge unternommen. Ihre Eltern seien stets informiert gewesen und hätten Brigitte ebenfalls sehr gemocht. Dann seien sie für zwei Wochen zusammen nach Martinique in die Ferien gefahren und dort sei es dann eben passiert. Von da an seien sie ein unzertrennliches Liebespaar gewesen.

Irgendwie sei der Rektor der Schule dahinter gekommen und habe bei der Gendarmerie Anzeige erhoben. Die Gendarmerie habe es zwar mit ein paar Befragungen bewenden lassen, aber die letzten Monate des Schulbesuches seien ein regelrechtes Spiessrutenlaufen gewesen. Die anzüglichen Bemerkungen von Professorinnen und Professoren habe sie problemlos wegstecken können, aber das Mobbing der Mitschülerinnen und Mitschüler sei für sie zur Qual geworden.

Brigitte habe dann darauf bestanden, dass sie an der Universität studiert habe. Weil ihre Eltern das nötige Geld nicht gehabt hätten, habe Brigitte versprochen, ihr das Studium zu finanzieren, und zwar unabhängig davon, wie sich ihre Beziehung entwickeln würde. Brigitte habe sogar in ihrem Testament bestimmt, dass die Finanzierung ihres Studiums gesichert bliebe, falls ihr etwas zustossen würde.
«So war Brigitte eben!», sagte Aurore mit tränenerstickender Stimme.

«Nach der Buchmesse in Frankfurt habe ich sofort gefühlt, dass sich Brigitte verändert hatte», fuhr sie nach einiger Zeit weiter.
Sie hätten danach nächtelang diskutiert, gestritten und im Bett wieder Frieden geschlossen. Schliesslich sei sie es gewesen, welche Brigitte dazu animiert habe, nach Bern zu fahren, um herauszufinden, ob die Beziehung zu mir mehr als ein Strohfeuer sei.

Nachdem sich Brigitte für mich entschieden hätte, habe sie versucht, dies zu akzeptieren und habe sich vorgenommen, uns nicht im Weg zu stehen. Sie sei schon fast darüber hinweg gewesen, doch nun sei alles wieder aufgebrochen.
«Nun habe ich Brigitte zum zweiten Mal verloren – endgültig!»

Ich hatte ihr die ganze Zeit zugehört, ohne sie zu unterbrechen und ohne irgendwelche Fragen zu stellen oder Kommentare abzugeben. In der Zwischenzeit war die Nacht eingebrochen und wir sassen einige Zeit schweigend im dunklen Raum. Ich zwang mich, die Erinnerungen an Brigitte zu unterdrücken, um zu überlegen, was ich Aurore raten sollte. Schliesslich berichtete ich ihr von meinem Besuch in Marseille und wir einigten uns darauf, dass sie sich tags darauf beim Kommissariat melden müsse. Ich empfahl ihr, dort alles auf den Tisch zu legen und nichts zu verbergen.

Ich machte uns einen Kaffee und dann erzählte ich ihr, wie ich Brigitte kennen gelernt hatte. Ich machte ihr klar, dass ich nach über drei Jahrzehnten «Single-

Dasein» nicht im Traum damit gerechnet hätte, nochmals eine feste Bindung einzugehen und dass ich selbst von den Ereignissen überrumpelt worden sei. Aurore war der erste Mensch, der dafür Verständnis zu haben schien, dass ich mich «Hals über Kopf» entschieden hatte, meine Zelte in Bern abzubrechen und zu Brigitte zu ziehen. Wahrscheinlich konnte das eben nur jemand verstehen, der Brigitte auch geliebt hatte.

Überrascht stellte ich dann fest, dass auch Aurore wenig über Brigittes Jugend und über deren Familie wusste.
«Vielleicht weiss Philippe mehr, den kennst du ja unterdessen», meinte sie und verriet mir, dass sie neulich ebenfalls bei Emmanuel und Philippe eingeladen gewesen sei, sich aber dann kurzfristig abgemeldet habe, weil sie mich dort nicht habe treffen wollen.

***

«Brigitte war eine wunderbare Frau», schwärmte Philippe, als ich am folgenden Tag bei ihm sass.
Zuerst sei ihm die Deutsche auf dem Markt in Cucuron aufgefallen, wie sie sich für alles interessiert habe und wie sie in verschiedenen Sprachen den Touristen behilflich gewesen sei. Später sei zwischen ihnen eine echte Freundschaft entstanden. «Natürlich ohne jeglichen sexuellen Hintergrund», bemüssigte er sich klarzustellen. Vielleicht hätten er und Brigitte sich deshalb so gut verstanden, weil er schliesslich in Paris an der Sorbonne gewesen sei und da sei es für ihn eine Wohltat gewesen, mit einer derart intelligenten und gebildeten Frau zu diskutieren. Sonst habe er es hier ja mit lauter Men-

schen zu tun, welche kaum eine Bildung genossen hätten, gab er vieldeutig zu bedenken, und mir schien, er denke dabei vor allem auch an seinen Partner Emmanuel.

Brigitte sei ja wegen der Rente ihres verstorbenen Vaters finanziell unabhängig gewesen und habe sich in all den Jahren an der Universität Marseille weitergebildet. Dabei habe sie sich nicht nur auf Sprachen beschränkt, sondern auch verschiedene Vorlesungen an der juristischen Fakultät besucht. Von ihrem breiten Wissen und ihrer grenzenlosen Hilfsbereitschaft hätten er und Emmanuel enorm profitiert und sie hätten Brigitte viel zu verdanken. So hätten sie damals wohl nur dank ihrer Unterstützung die erforderliche Baubewilligung für den Anbau erhalten, den ihnen die «Mairie» habe hintertreiben wollen.

Besonders während seiner schweren Krankheit seien sie auf Brigitte angewiesen gewesen. Nach seinem Herzinfarkt sei er mehrmals operiert worden und während Monaten in Spitälern und Sanatorien gelegen. Brigitte habe sämtliche Verhandlungen und Schreibereien mit den Versicherungen erledigt und schliesslich erreicht, dass diese alles bezahlen mussten.

«Auch die Idee mit Nicolas hat Brigitte ausgeheckt», stellte er bewundernd fest und schenkte mir nochmals ein Glas Rosé ein.
Ohne meine entsprechende Frage abzuwarten, erläuterte er mir, was es mit diesem Nicolas auf sich habe.

Lange hätten er und Emmanuel damit gerechnet, dass Frankreich den Homosexuellen die Ehe und die gemeinsame Adoption gestatten würde.
«Die bürgerliche Mehrheit wehrt sich jedoch mit Händen und Füssen dagegen – schon nur, um Bertrand Delanoë, dem homosexuellen Stadtpräsidenten von Paris, eins auszuwischen.»

Seine Familie hätte ihn bereits vor Jahren als schwarzes Schaf praktisch ausgeschlossen. Er habe deshalb nach einem Weg gesucht, um zu verhindern, dass seine Verwandten ihn dereinst beerben könnten. Als dann Emmanuels Nichte von einem Taugenichts unerwünscht geschwängert worden sei, habe Brigitte vorgeschlagen, er solle doch pro forma diese Vaterschaft anerkennen und so die Zukunft des unschuldigen Kindes sichern. Nun sei er «auf dem Papier» Nicolas Vater.

In der Zwischenzeit hätten er und Emmanuel – wiederum unter Beizug von Brigitte – auch noch einen zivilen Solidaritätspakt, einen «pacte civil de solidarité», abgekürzt PACS, abgeschlossen und damit Gütergemeinschaft mit steuerlich günstigen Erbbestimmungen begründet. Im Unterschied zur Ehe werde der PACS allerdings nicht vor dem Maire geschlossen, sondern vor dem Amtsgericht.

Sachte versuchte ich, das Gespräch wieder auf Brigitte zu lenken. Immer noch suchte ich nach einer Erklärung für ihren Tod. Nicht dass ich Geneviève Faure und Alain Bonnet ins Handwerk pfuschen wollte, aber ich wollte einfach noch mehr über Brigittes Leben in Erfahrung bringen.

«Und was war mit Ingrid Heinzelmann?», fragte ich Philippe ohne Umschweife.
Über Brigittes Mutter wisse im Dorf niemand viel und auch Brigitte habe das Thema wie ein Tabu behandelt. Im Dorf gebe es allerdings Gerüchte, wonach sich Brigittes Mutter seinerzeit in Avignon prostituiert habe und dort unter mysteriösen Umständen umgekommen sei, aber Genaueres sei ihm nicht bekannt, bedauerte Philippe. Brigitte habe übrigens kürzlich eher beiläufig erwähnt, sie wolle gelegentlich der Frage nachgehen, unter welchen Umständen ihre Mutter seinerzeit in Avignon ihr Leben verloren habe, um ein für alle Mal den Leuten im Dorf die Mäuler zu stopfen.

***

Lange fand ich an diesem Abend keinen Schlaf. Hinter Ingrid Heinzelmann schien sich ein Rätsel zu verstecken. Warum wichen mir alle aus, wenn ich nach ihr fragte? Wie weit war Brigitte mit ihren Nachforschungen noch gekommen? Gab es vielleicht sogar einen Zusammenhang zwischen dem mehr als drei Jahrzehnte zurückliegenden Tod der Mutter und dem Unfall von Brigitte? Ich entschloss mich, morgen Geneviève Faure zu bitten, in Avignon die Akten der vom alten Pétanque-Spieler Louis erwähnten Untersuchung über den Tod von Brigittes Mutter anzufordern.

«Tote verdienen Ruhe», hatte wahrscheinlich irgend ein gelangweilter Funktionär im Archiv des Präfektorates in Avignon mit Bleistift auf die vergilbte Akte von Ingrid Heinzelmann geschrieben.

Geneviève Faure hatte sich sofort bereit erklärt, diese Unterlagen in Avignon anzufordern und mir die Möglichkeit geboten, das knapp zwanzig Seiten umfassende Dossier einzusehen. Die meisten Seiten waren mit einer billigen Schreibmaschine beschrieben worden, wobei mir auffiel, dass bei mehreren Buchstaben, vor allem beim kleinen «o» der innere Teil herausgestanzt war und aus einem Loch bestand. Ich stellte mir vor, wie ein älterer Beamter auf einer konventionellen Schreibmaschine – vielleicht auf einer «Hermes Media» – im Zweifingersystem die Ergebnisse seiner Fahndungsarbeiten zu Papier gebracht hatte.

Ingrid Heinzelmann war 1939 kurz vor dem Ausbruch des Zweiten Weltkrieges in Berlin geboren. Aus dem in deutscher Sprache abgefassten Bericht, in welchem handschriftlich zu einzelnen Worten die französische Übersetzung hinzugefügt worden war, ging hervor, dass «Fräulein Heinzelmann» als «Serviererin» im Offizierskasino des französischen Sektors tätig gewesen war und 1961 «unehelicherweise» eine Tochter zur Welt gebracht habe. «Kindsvater» sei angeblich ein französischer Capitaine namens Frédéric Aubert. Ingrid Heinzelmann habe sich 1963 in Berlin ordentlich abgemeldet und dabei angegeben, sie habe die Absicht, sich dauernd in Frankreich niederzulassen.

Einem Bericht der Gendarmerie Cadenet war zu entnehmen, Madame Ingrid Heinzelmann habe seit 1963 in Cucuron das Haus bewohnt, welches ihr der 1962 verstorbene Capitaine Frédéric Aubert vererbt habe. Weder auf der Mairie von Cucuron noch bei ihren Nachbarn sei Madame Heinzelmann negativ aufgefallen. Allerdings sei festgestellt worden, dass sie oft nachts nicht zu Hause gewesen und erst in den frühen Morgenstunden zurückgekommen sei. Im Zusammenhang mit diesem Umstand sei die Vermutung geäussert worden, die Verstorbene habe irgendwo in einem Nachtlokal oder sogar als Prostituierte gearbeitet.

In Avignon war Ingrid Heinzelmann ab 1968 als Prostituierte registriert gewesen. Im Milieu habe man sie nur unter dem Namen «Sissi» gekannt. Am Morgen des 12. Juli 1972 hatte ein Fischer die Leiche in der Nähe des Chemin Piot in der Rhône entdeckt und die Gendarmerie alarmiert. Bei ihrer Bergung war festgestellt worden, dass sie bis auf einen fehlenden Schuh vollständig bekleidet war. Sie hatte weder Ausweispapiere noch Geld auf sich getragen.

Als Todesursache war «Tod durch Ertrinken» eruiert worden.

Am Schluss des routinemässig abgefassten Autopsieberichtes war unter der Rubrik «Weitere Feststellungen» eine offene Wunde am Hinterkopf der Toten protokolliert. Der untersuchende Gerichtsmediziner hatte dazu vermerkt, es sei ihm nicht möglich gewesen, die Ursache dieser von einem schmalen Gegenstand herrührende Verletzung zweifelsfrei festzustellen. Eine Dritteinwirkung sei zwar nicht auszuschliessen, aber die Schramme könne auch Folge eines Sturzes gewesen sein.

Plötzlich wurde mir irgendwie mulmig im Magen. Wie ein Film lief vor meinem geistigen Auge die Szene ab, welche Monika und ich seinerzeit als unentdeckte Beobachter in Avignon miterlebt hatten.

Ich sah zum hundertsten Mal, wie der hünenhafte Zuhälter brutal auf die ihm körperlich unterlegene Prostituierte einschlug und ihr einen Faustschlag mitten ins Gesicht versetzte. Ich sah, wie sie mit dem Hinterkopf an die offene Autotüre aufschlug und zu Boden fiel, wie der Schläger den leblosen Körper zum Auto schleifte und in den Kofferraum hievte.

Das war im Sommer 1972 passiert. Das exakte Datum wusste ich zwar nicht mehr, aber es musste kurz vor dem 14. Juli gewesen sein, denn wir waren nach dem Aufenthalt in Avignon in die Camargue gefahren und hatten in Les Saintes-Maries-de-la-Mer den französischen Nationalfeiertag erlebt.

Hatte ich zuviel Fantasie oder hatte meine innere Stimme recht, welche mir einredete, ich hätte damals in Avignon als stiller feiger Zeuge die letzte Stunde im Leben der Ingrid Heinzelmann miterlebt – fast vierzig Jahre bevor ich in Frankfurt Brigitte kennen gelernt hatte?

Ich spürte den kalten Schweiss den Rücken hinunter laufen und fühlte gleichzeitig, wie mir die Hitze in den Kopf stieg. Ohne langes Überlegen beschloss ich, meinen Verdacht vorläufig für mich zu behalten.

Ich hatte mir die wichtigsten Daten und Fakten notiert und das Dossier dem Dienst habenden Gendarm zurück gegeben. Geneviève Faure hatte sich nicht sehen lassen und ich hatte nicht nach ihr gefragt.

Den Schlussbericht über die erfolglosen Abklärungen der Gendarmerie hatte ich nur noch überflogen. Anscheinend hatten bei den Erkundigungen im Milieu gleich drei Zeugen erklärt, sie hätten Auseinandersetzungen von Sissi mit einem Freier mitbekommen, den sie jedoch nicht beschreiben könnten. Die Gendarmerie hatte deshalb angenommen, es hätte sich um einen Touristen gehandelt und hatte im Einvernehmen mit dem Präfekten Ende Juli 1972 das Dossier nach dem Grundsatz «Tote verdienen Ruhe» geschlossen.

Beim Verlassen der Präfektur war ich entschlossen, dieser Geschichte weiter nachzugehen. Ich wollte noch mehr über Brigittes Mutter und die näheren Umstände ihres Todes wissen.

***

Geneviève Faure und Alain Bonnet interessierten sich zumindest vorläufig nicht für Ingrid Heinzelmann, sondern für deren uneheliche Tochter Brigitte. Erneut versuchten sie, die vorhandenen Fakten zu ordnen. Die

Ermittlungen waren bis jetzt alles andere als befriedigend verlaufen und Bonnet spürte die wachsende Ungeduld der Kommissarin.

«Fassen wir zusammen!», begann Geneviève Faure von vorne.
«Brigitte Heinzelmann, die wohlhabende uneheliche Tochter eines französischen Offiziers und einer deutschen Prostituierten, wurde im Luberon tot aufgefunden. Nach wie vor wissen wir nicht, ob sie mit dem 2 CV ihres Schweizer Freundes verunfallt ist, ob sie Selbstmord beging oder das Opfer eines Verbrechens war. Sowohl der Schweizer, der ausgerechnet am Tag ihres Todes in die Provence gereist ist, als auch die als Taxi-Chauffeuse tätige Studentin, welche mit der Toten ein lesbisches Verhältnis hatte, geben sich unwissend. Immerhin scheint Aurore Vial von einem Testament und von einer Lebensversicherung gewusst zu haben, welche sie als Begünstigte vorgesehen hatten.

Ich denke, wir sollten diese Person nochmals in die Mangel nehmen, um herauszufinden, ob sie uns etwas verschweigt. Zudem müssen wir unbedingt dieses Testament und die Versicherungspolice finden. Schliesslich sollten wir endlich den Bericht des technischen Dienstes bekommen, welcher den Unfallwagen untersucht hat.»

Alain Bonnet hatte schweigend zugehört, von Zeit zu Zeit zustimmend genickt und fleissig Notizen gemacht.

«Wenigstens die Medien lassen uns momentan in Ruhe», konstatierte er in der Hoffnung, die Laune der Kommissarin etwas aufheitern zu können.

***

Tatsächlich hatte das Interesse der Medien am «Fall Heinzelmann» merklich nachgelassen. Die fristlose Entlassung des Fussballtrainers von Olympic Marseille und die wegen Verdachts auf Veruntreuung erfolgte Verhaftung des mächtigen Bosses der Immobilienfirma CABANNE boten der Boulevard-Journaille zur Zeit ausreichend Stoff für Schlagzeilen, Recherchen und Hintergrund-Stories.

***

Der buckelige Barkeeper in der «Bar du Sud» in Avignon begrüsste mich wie einen Stammgast.
«Bon soir, Georges», rief er durch das ganze Lokal.
«Je m'appelle Robert – pas Georges», korrigierte ich ihn und wurde mir im gleichen Moment bewusst, dass wir uns beim letzten Besuch nicht vorgestellt hatten.
Er reichte mir die Hand über die Theke und sagte vertraulich «Joe».
Zu spät hatte ich den Trick durchschaut, mit dem er mich dazu gebracht hatte, ihm meinen Vornamen zu nennen. Aber das ärgerte mich nicht weiter. Im Gegenteil, die Vertraulichkeit war mir eben recht. Vielleicht konnte mir Joe ja weiter helfen.

Erst jetzt fiel mir ein, dass mich schon die Concierge im «Hôtel de Magnan» empfangen hatte, als sei ich seit Jahren bei ihr regelmässig abgestiegen. Obwohl ich beim letzten Besuch nur eine Nacht geblieben war, hatte sie mich offensichtlich sofort wieder erkannt und darauf verzichtet, mich das übliche Formular ausfüllen zu lassen. Wahrscheinlich würde sie meine Personalien aus den Papieren meiner ersten Übernachtung hervorsuchen und das Formular selbst ausfüllen. Mit einem verständnisvollen Blick hatte sie meinen Hinweis quittiert, dass ich für zwei oder drei Nächte bleiben möchte und mir – wie beim ersten Mal – wiederum Zimmer 10 zugewiesen.

***

Ich hatte mich mit dem Taxi nach Lourmarin bringen lassen und dort um ein Uhr den Bus nach Avignon genommen. Wie bei meinem letzten Aufenthalt war ich wiederum mehr oder weniger ziellos durch Avignon geschlendert. Unbewusst hatte ich den Weg zum Ufer der Rhône gewählt und mich dort in den Schatten einer Platane gesetzt. Hier in der Nähe musste damals der Fischer die Leiche von Ingrid Heinzelmann gefunden haben.

«Tod durch Ertrinken», hatte die Autopsie ergeben.
Somit hatte sie noch gelebt, als sie ins Wasser geworfen worden war. Hatte der Täter wohl gemeint, sie sei bereits tot, oder war er derart ruchlos und niederträchtig, sein Opfer bewusst zu ersäufen? Und Ingrid? Hatte sie das Bewusstsein verloren und vor ihrem Tod gar nicht

mehr wiedererlangt, oder war sie womöglich wieder zu Sinnen gekommen und erst nach einem verzweifelten Todeskampf ertrunken?

Benommen war ich ins Stadtzentrum zurückgekehrt. Ich war derart aufgewühlt, dass ich weder essen noch trinken mochte. Vor dem Palais des Papes setzte ich mich auf eine Mauer, beobachtete die Strassenkünstler und wartete auf die Nacht, denn mir war klar, dass ich im Milieu nach Ingrids Spuren suchen musste, und zum Milieu findet man als Aussenstehender am helllichten Tag keinen Zugang.

***

Joe schien ein guter Menschenkenner zu sein und bemerkt zu haben, dass ich auf der Suche nach jemandem war. Allerdings zog er einen falschen Schluss aus seiner Beobachtung.
«La petite Elodie n'était pas encore là ce soir», raunte er mir diskret zu, als er mir das bestellte Bier hinstellte.
«Ce n'est pas elle, que je cherche», gab ich ihm zu verstehen und war froh, dass er wissen wollte, wen sonst ich denn hier suchen würde.
Ich hatte mir während des Nachmittags die Sache zurecht gelegt und schwindelte ihm vor, ich hätte vor zirka fünfunddreissig Jahren hier in Avignon eine unvergessliche Nacht mit einer Prostituierten namens Sissi verbracht und würde diese Frau gerne wieder treffen. Da könne er mir leider nicht dienen, gab er ohne zu überlegen zurück, er sei zwar seit fünfzehn Jahren hier tätig, von einer Sissi habe er aber noch nie etwas gehört.

«Hört mal, Jungs», trompetete er ohne mich vorzuwarnen oder gar mein Einverständnis einzuholen in den Raum hinaus, «dieser Mec sucht eine Hure namens Sissi, mit der er vor vielen Jahren gevögelt hat.»
Ich hätte vor Peinlichkeit in den Boden der «Bar du Sud» verschwinden können, aber das Interesse an den Reaktionen der Barbesucher überwog. Die meisten Anwesenden taten, als hätten sie nicht verstanden, was Joe von ihnen wollte. Einige musterten mich kritisch und schüttelten den Kopf.

«Die lebt schon lange nicht mehr!», dröhnte es unverhofft aus der hintersten Ecke des Lokals, wo drei ältere Typen an einem runden Bistrot-Tischchen zusammensassen.
Ich nahm mein Bier und setzte mich ohne zu fragen an den Tisch, wo ich weitere Informationen zu bekommen erhoffte. Meine Fragen nach den näheren Umständen von Sissis beziehungsweise Ingrids Tod stiessen ins Leere. Das sei zu lange her und man habe sich damals nicht um die Details gekümmert, wurde mir bedeutet. Dabei gaben mir die drei Männer zu verstehen, dass sie eigentlich in Ruhe gelassen werden möchten.

Ich hatte keineswegs im Sinn zu kapitulieren und erkundigte mich, ob zurzeit noch Prostituierte aktiv seien, welche Sissi gekannt hätten.
Achselzucken.
Kopfschütteln.
«Oder wissen Sie vielleicht, ob ihr seinerzeitiger Zuhälter noch aufzufinden ist?», stellte ich wie beiläufig meine wichtigste Frage.

Die drei taten, als hätten sie meine Frage überhört. Irgendwie fühlte ich jedoch, dass ihnen das Thema ungelegen war, und ich war mir fast sicher, dass sie mehr wussten, als sie mir gegenüber zugeben wollten.
«Wenn du eine Hure nötig hast, dann musst du dir diese selbst suchen», versuchte der Erste mürrisch das Gespräch zu beenden.
«Sissi ist längst tot und Tote verdienen Ruhe!», unterstützte ihn der Zweite und gab zu verstehen, dass nun auch sie in Ruhe gelassen werden wollten.

«Wenn du willst, kann ich mich morgen ein wenig rumhören», raunte mir Joe, der offensichtlich mitgehört hatte, bei meiner Rückkehr an die Theke zu.
«Mit zwei, drei Telefonanrufen sollte es mir möglich sein, Antworten auf deine Fragen zu finden. Lass mir 100 Euro hier und komm morgen Abend wieder vorbei.»
Ich bezahlte mein Bier, legte in stillem Einverständnis zusätzlich zwei Fünfzigernoten hin und entschloss mich, für heute meine Nachforschungen abzubrechen.

***

Zur gleichen Zeit sass Aurore Vial auf dem Bett, welches sie während der letzen Jahre oft mit Brigitte geteilt hatte. Sie war am Nachmittag zum zweiten Mal auf der Präfektur in Marseille gewesen, wo ihr immer wieder dieselben Fragen gestellt worden waren. Dabei hatte sie deutlich gefühlt, dass man ihr keinen Glauben schenkte und sie verdächtigt wurde, mehr zu wissen und irgend etwas mit Brigittes Tod zu tun zu haben.

Gegen Abend war sie nach Cucuron gefahren. Als sie Brigittes Haus leer vorgefunden hatte, begann sie erneut nach dem Testament zu suchen, welches Brigitte mehrmals erwähnt hatte. Vergeblich durchstöberte sie nochmals sämtliche Schubladen und Schränke. Endlich glaubte sie am Ziel zu sein, als sie im Sekretär eine Art Geheimfach entdeckte. Nach kurzem Zögern hatte sie sich entschlossen, dieses mit einem Schraubenzieher aufzubrechen.
Leer.

In Brigittes Schlafzimmer stiess sie auf ein Tagebuch, von dessen Existenz sie bisher nichts gewusst hatte. Der letzte Eintrag lag zu ihrer Enttäuschung allerdings mehr als ein Jahr zurück. Kurzerhand entschied sie sich, das Tagebuch mitzunehmen. Mit schlechtem Gewissen fuhr sie nach Hause, wo sie die persönlichen Notizen ihrer verstorbenen Geliebten in aller Ruhe durchlesen wollte.

***

«Was treibst denn du dich in Avignon herum?», stellte mich Emmanuel zur Rede, als wir unter der Porte de la République aufeinander stiessen.
«Das könnte ich dich ja auch fragen», gab ich zurück, um Zeit zu gewinnen.
«Ich habe meine betagte Mutter im Hôpital de la Durance besucht, wo sie sich von einem Hirnschlag erholt und nun wartet, bis ich einen Platz in einem geeigneten Erholungsheim gefunden habe. Es ist einfach eine Schande, wie heute in Frankreich mit den alten Leuten

umgegangen wird. In vielen Heimen werden die Alten wie Tiere gehalten. Gute Heime sind rar und teuer. Eben war ich noch im Hôtel de Ville, um mich zu beschweren, aber dort will niemand zuständig sein. Von Unterstützung oder Hilfe keine Rede. Ein Skandal ist das! Ich überlege mir, Mama zu uns nach Cucuron zu nehmen. Philippe wird an dieser Idee keinen Gefallen finden. Ich muss mit ihm reden, noch heute Abend werde ich mit ihm die Sache besprechen. Oder was meinst du?»

Ich könne das nicht beurteilen, wich ich aus. Das komme wohl auch darauf an, wie pflegebedürftig seine Mutter sei, ob sie eine spezielle Diät brauche, ob sie sich selbst anziehen und waschen könne oder ob sie gar bettlägerig sei. Je nach dem wären dann allenfalls ein Krankenbett und eine Pflegehilfe nötig.

Obwohl ich bis zum abendlichen Öffnen der «Bar du Sud» zum Nichtstun «verurteilt» war, nahm ich Emmanuels Einladung zu einem Aperitif nur widerwillig an, aber er liess sich nicht abwimmeln.

«Du hast mir immer noch nicht gesagt, warum du in Avignon bist», erinnerte er sich, nachdem uns der Kellner die bestellten Getränke gebracht hatte – einen Whisky für Emmanuel und einen Pastis für mich.

«Ich suche einen Zuhälter», erklärte ich wahrheitsgetreu und erläuterte ihm, dass ich mehr über Brigittes Mutter erfahren möchte, welche sich bis zu ihrem Tod hier in Avignon prostituiert habe.

Geflissentlich verschwieg ich die zusammen mit Monika gemachten Beobachtungen und meinen Verdacht.

Erst als Emmanuel mich nach näheren Anhaltspunkten fragte, wurde mir wieder bewusst, dass er ja seinerzeit als Strichjunge ebenfalls hier im Milieu verkehrt hatte.
«Das kann nur Marcel Joubeaux gewesen sein, der während Jahren Avignons Nachtleben dirigiert hat, aber den findest du hier nicht mehr, der ist vor ein paar Jahren spurlos verschwunden», legte Emmanuel los, als ich den weissen Cadillac erwähnt hatte.

«Dann hat es wohl keinen Zweck, der Sache weiter nachzugehen», versuchte ich das Thema zu beenden und tat, als ob ich das Interesse an diesem Mann mit dessen Verschwinden verloren hätte.
In Wirklichkeit erregte mich Emmanuels Information ungemein. Endlich hatte ich einen Anhaltspunkt für meine weiteren Nachforschungen erhalten. Sofort war mir klar, dass ich herausfinden musste, ob dieser Marcel Joubeaux gestorben oder nur umgezogen war. Möglicherweise hatte er ja seinen Namen gewechselt und lebte irgendwo als unbescholtener Bürger, obwohl er ein Leben auf dem Gewissen hatte.

***

Auch Alain Bonnet war in seinen Nachforschungen einen kleinen Schritt weiter gekommen. «La Mutuelle du Mans Assurances Vie» hatte am Morgen aus Paris einen Fax geschickt und mitgeteilt, bei ihrer Filiale in

Pertuis sei tatsächlich eine Lebensversicherungs-Police von Brigitte Heinzelmann gefunden worden.

Ohne zu zögern und ohne die Zustimmung der Kommissarin einzuholen, war er nach dem Mittagessen sofort nach Pertuis gefahren, wo er an der Rue Henri Silvy das kleine Büro der MMA auf Anhieb gefunden hatte. Der Filialleiter hatte sich schon am Telefon tausend Mal für die verzögerte Meldung entschuldigt und war bei seinem Besuch eilfertig bereit, ihm die gewünschten Fotokopien der Police auszuhändigen, obwohl dafür eigentlich eine Verfügung der Kommissarin nötig gewesen wäre.

Mit der vor drei Jahren abgeschlossenen Versicherung hatte sich die MMA verpflichtet, bei Brigitte Heinzelmanns Tod den Betrag von 50 000 Euro an Aurore Vial auszurichten, bei einem allfälligen Unfalltod würde die doppelte Summe, also 100 000 Euro fällig, bei einem Suizid jedoch nur der Minimalbetrag von 10 000 Euro. Soweit handelte es sich um eine alltägliche Lebensversicherung. Somit hatten sowohl die MMA als auch die Begünstigte ein grosses Interesse am Resultat der polizeilichen Abklärungen.

Damit wäre die Angelegenheit eigentlich klar gewesen, wenn in der Police nicht noch eine Anmerkung angebracht gewesen wäre, welche Bonnet noch nie begegnet war.
«Vorbehalten testamentarisch abweichende Bestimmungen betreffend Begünstigung», war offensichtlich

von Brigitte Heinzelmann handschriftlich ergänzt und paraphiert worden.
Also galt es nun unbedingt, dieses Testament zu finden.

Kurz vor zehn Uhr hatte ich die «Bar du Sud» betreten. Als Joe mit dem bestellten Calva zurück kam, legte er wortlos einen Hunderteuroschein dazu. Er hatte also keine neuen Informationen für mich parat. Entgegen seiner bisherigen Gesprächigkeit wollte er kaum Zeit für mich übrig haben, obwohl zu dieser Stunde erst einige wenige Gäste im Lokal waren.

«Désolé», gab er mir mit einem bedauernden Achselzucken zu verstehen.
Meinen Hinweis, ich könnte mich durchaus noch einen Tag gedulden, überhörte er geflissentlich, und ich bekam irgendwie das Gefühl, etwas stimme nicht. Waren seine Erkundigungen wirklich erfolglos gewesen oder war ihm die Sache zu heiss geworden? Wollte oder durfte er mich bei meinen Nachforschungen nicht mehr unterstützen?

Mir wurde klar, dass ich zumindest heute keine Antworten mehr auf meine Fragen bekommen würde. Nachdem Joe mir bedeutet hatte, der Calva gehe auf seine Rechnung, verliess ich die Bar missmutig Richtung Hotel.

***

Unter dem Kastanienbaum bei Emmanuel und Philippe ging man an diesem Abend unverbindlich-nett miteinander um. Eric war die Geschichte mit seinem Wutausbruch und dem zeitweiligen Verschwinden anlässlich des letzten Besuches immer noch etwas peinlich, Nicole schämte sich für ihr damaliges hysterisches Verhalten, Aurore steckte in einer depressiven Krise, Emmanuel war in Gedanken immer noch beim nachmittäglichen Gespräch mit dem undurchschaubaren Schweizer und Philippe versuchte vor den Freunden zu verbergen, wie viel er während Emmanuels Abwesenheit getrunken hatte.

Bei seiner Rückkehr hatte Emmanuel sofort bemerkt, in welchem Zustand Philippe war, aber angesichts des bevorstehenden Besuches darauf verzichtet, ihn zur Rede zu stellen und ihm Vorwürfe zu machen. Philippe hatte dies dankbar zur Kenntnis genommen, war Emmanuel so weit als möglich ausgewichen und hatte in einem fast dienerisch wirkenden Fleiss den Tisch gedeckt, den Kehricht zum Container gebracht, den Rosé aus dem Plastikfässchen in Flaschen abgefüllt und die Aschenbecher am Brunnen vor dem Haus ausgewaschen.

Zum Entrée hatte Emmanuel eine Büchse der selbst hergestellten «Foie gras» und dazu die Flasche elsässischen Gewürztraminer geöffnet, welche er am Nachmittag in einem Weinladen in Avignon erstanden hatte.

Der Hauptgang war alles andere als eine Gaumenfreude. Philippe hatte das Gigot viel zu lange im Backofen gelassen, so dass dieses weder rosafarben noch saftig war. Die Gäste machten gute Miene und selbst Emmanuel konnte seinen Unmut für einmal zügeln, denn die verkohlten Bratkartoffeln lagen in seiner Verantwortung.

Das trockene Fleisch und die versalzenen Kartoffeln liessen den Rosé in Strömen fliessen, so dass Philippes Alkoholpegel spätestens nach dem Käsegang nicht mehr speziell auffiel.

«Wirst du Brigittes Haus nun verkaufen?», überrumpelte Eric wie aus heiterem Himmel die angeschlagene, in ihre Gedanken versunkene Aurore und hackte nach mit der Feststellung, «Brigitte hat doch sicher ihr ganzes Vermögen dir vermacht und nicht Robert, den sie ja kaum gekannt hat».
Aurore starrte Eric hasserfüllt an, bekam einen Weinkrampf und stürzte ins Haus. Nicole, welche Eric mit strafendem Blick und ärgerlichem Kopfschütteln zu verstehen gab, wie ungeschickt tollpatschig er sich wieder einmal benehme, ging ebenfalls vom Tisch und folgte Aurore.

«Ach diese Scheissweiber!», stiess Eric aus und füllte sein Glas in der Hoffnung, die beiden Homosexuellen würden seinen frauenfeindlichen Ausbruch unterstützen.
Doch da hatte er seine Freunde für einmal falsch eingeschätzt. Mit steinernen Gesichtern begannen sie den Tisch abzuräumen und liessen ihn allein unter dem Kastanienbaum sitzen.

«Scheissweiber», lallte er zur Selbstbestätigung nochmals vor sich hin und beschloss zum wiederholten Mal, mit Nicole endlich Schluss zu machen.
Diese war ihm schon lange verleidet.

«Brigitte, das wäre eine Traumfrau gewesen», dachte er, aber die war zu ihm nur nett gewesen, solange er ihr gratis ihr Auto repariert hatte.
Als er aber vor ein paar Wochen nach ein paar Bier den Mut gehabt hatte, nachts bei ihr anzuklopfen, hatte sie ihm eine gehörige Abfuhr bereitet und ihn regelrecht gedemütigt. Sie hatte ihm vorgeschlagen, im Schwimmbad in ihrem Garten gemeinsam ein Nacktbad zu nehmen und ihn gebeten, doch schon vorab zu gehen. Während er im Piscine hoffnungsvoll auf sie gewartet hatte, war sie heran geschlichen, hatte seine Kleider zusammengerafft und war damit ins Haus gerannt, um hinter sich die Türe zu schliessen. Über eine Stunde hatte sie ihn im Adamskostüm warten lassen, ehe sie ihm seine Klamotten zum Fenster heraus geworfen hatte – allerdings erst nachdem sie die Szene fotografisch festgehalten hatte.

Später hatte sie ihm versichert, für sie sei diese Sache erledigt und von ihr werde kein Mensch erfahren, dass er ihr in angetrunkenem Zustand Avancen gemacht habe. Auf der Polaroid-Aufnahme sei er zwar gut erkennbar, aber das Bild bleibe bei ihr an sicherem Ort aufbewahrt.

Als der Schweizer dann bei Emmanuel und Philippe zum Essen aufgekreuzt war, hatte er die Gelegenheit erfasst, um die kompromittierende Foto zu vernichten. Brigittes Haus war wie üblich offen gestanden und er war relativ schnell fündig geworden.

***

Ich versuchte mir klar zu werden, wo ich war. Ich lag in einem Bett, wusste aber weder wo dieses Bett stand, noch wie ich hierher gekommen war. Mein Kopf glich einem Karussell oder vielleicht eher einer Hammerschmiede. Ich versuchte zu erwachen. Das bereitete mir enorme Mühe. Nicht nur um die Augen, sondern im ganzen Gesicht sowie in der Hals- und Magengegend empfand ich stechende Schmerzen.

Als ich jemand ins Zimmer kommen und an mein Bett heran treten hörte, überwand ich den Schmerz und zwang mich, die Augen ein wenig zu öffnen.
«Suzanne! Was ist passiert?», fragte ich gequält, denn auch das Sprechen bereitete mir Mühe.
«Ça va mieux?», hörte ich Suzanne wie aus weiter Ferne zurückfragen.
Dann war ich wieder eingenickt.

Ich weiss nicht, wie lange es gedauert hatte, bis ich erneut erwacht war. Die Schmerzen hatten keineswegs nachgelassen. Hinter den geschlossenen Gardinen schien die Sonne, das Zimmer lag im Halbdunkel. Ich lag nackt unter einem leichten Leintuch. Über der Stirne und unter dem linken Auge bemerkte ich mehrere grosse Heftpflaster. Den Versuch, mich im Bett aufzurichten, gab ich sofort wieder auf, weil jede Bewegung zusätzliche Schmerzen wie tausend Nadelstiche auslöste.

Erst jetzt bemerkte ich, dass ich nicht allein im Zimmer war. Suzanne beobachtete mich mit sorgenvollem Blick.
«Tu vas mieux, Robert?», fragte mich meine Tochter.
Ich konnte mir nicht erklären, warum sie mit mir französisch sprach und warum sie mich beim Vornamen nannte, und ich begann mich zu fragen, ob ich wohl übergeschnappt oder vielleicht gestorben sei.

Ich schloss nochmals die Augen, um mich zu sammeln.
«Diese Stimme gehört doch gar nicht Suzanne», ging mir auf einmal durch den Kopf.
Nach längerem mühsamem Suchen fand ich des Rätsels Lösung. Nicht Suzanne, sondern Elodie, die junge Prostituierte aus der «Bar du Sud», sass an meinem Bett. Aber damit stellten sich tausend neue Fragen. Elodie schien meine Gedanken zu ahnen und erklärte mir ruhig und leise, sie habe mich in ihre Wohnung gebracht, nachdem sie mich blutüberströmt auf der Strasse gefunden habe. Ich sei offensichtlich zusammengeschlagen worden. Das komme leider in letzter Zeit in Avignon immer häufiger vor. Junge Arbeitslose hätten sich in Banden organisiert, um ahnungslose Touristen «auszunehmen». Erschreckend sei vor allem die rohe Gewalt, welche dabei angewendet würde.

Langsam begann ich mich zu erinnern. Ich hatte die «Bar du Sud» enttäuscht verlassen und mich auf den Weg ins Hotel begeben.

An der nächsten Hausecke hatte mir eine ältere Dirne das übliche «Tu veux faire l'amour avec moi?» zugezischt und auf meine abweisende Reaktion unvermittelt geflüstert, «Sissi, c'était ma copine».
Ohne mir Zeit zum Überlegen zu lassen, hatte sie sich umgedreht und mit einer Geste bedeutet, ihr zu folgen. Etwa fünfzig Meter weiter hinten war sie in einem Hausgang verschwunden.

Dann war alles sehr schnell gegangen.
Statt der Dirne standen im dunklen Hausgang plötzlich zwei mir unbekannte Typen. Ohne jegliche Vorwarnung versetzte mir der Grössere einen gewaltigen Fausthieb mitten ins Gesicht. Ich taumelte, wurde jedoch vom Kleineren aufgefangen. Während mich dieser in der Folge von hinten wie in einem Schraubstock fixierte, deckte der andere meinen Kopf und meinen Magen mit einem Trommelfeuer von Schlägen ein. Blut floss mir über das Gesicht. Mir war kotzübel und ich merkte, wie ich in die Hose machte. Dann wurde ich zu Boden geworfen. Die Fusstritte hatte ich zwar noch wahr genommen, dabei aber kaum mehr Schmerzen empfunden.
«Das ist wohl das Ende!», war mein letzter Gedanke gewesen.
Von da an wusste ich nichts mehr.

Elodie war hinausgegangen und kurz darauf mit einer Tasse in der Hand zurückgekehrt.
«Hier, trink diese Bouillon, die wird dir gut tun», riet sie mir in einem fürsorglichen Ton, der mich an meine Mutter erinnerte.

Als Kind war ich oft krank gewesen. Im Vorschulalter war ich weder von Masern, Mumps noch Gelbsucht verschont geblieben. Im Rahmen der systematischen Reihenuntersuchungen beim Schuleintritt wurde schliesslich eine leichte Tuberkulose festgestellt und ich musste mehrere Monate in der Höhenklinik «Solsana» verbringen, welche der Kanton Bern damals in Saanen im Berner Oberland betrieben hatte. Kaum war meine Lunge wieder in Ordnung, wurde ich von einer Hirnhautentzündung befallen. Wie mir meine Mutter später erzählte, litt ich dabei während mehrer Tage an Lähmungserscheinungen und soll zeitweise gar in Lebensgefahr geschwebt haben.

Von all diesen Kinderkrankheiten blieben mir nur die Erinnerungen an die mütterliche Fürsorge und Pflege. Im Krankenbett wurde ich für einmal nicht gezwungen, das zu essen, was auf den Tisch kam, sondern nach meinen Wünschen gefragt, welche meist auch erfüllt wurden.

«Du solltest die Bouillon möglichst heiss trinken», mahnte Elodie und riss mich aus meinen Jugendträumereien.
Ich versuchte zu gehorchen.
Das Aufsitzen bereitete mir grösste Mühe.
In der Magengegend und im Rücken verspürte ich stechende Schmerzen und der Kopf schien fast zu explodieren.
Beim Ansetzen der Tasse, bei dem mich Elodie liebevoll unterstützte, merkte ich, dass meine Lippen zerschlagen und immer noch hoch geschwollen waren.

Zudem stellte ich eine Lücke in meiner oberen Zahnreihe fest.

***

In einer weitaus besseren Verfassung befand sich an diesem Vormittag Alain Bonnet. Wieder einmal hatten ihm seine vielfältigen Beziehungen und seine jahrelange Erfahrung weitergeholfen. Er hatte sich ein Liste der Notariate im Umkreis von Cucuron geben lassen und begonnen, bei diesen telefonisch nachzuforschen, ob allenfalls eine gewisse Brigitte Heinzelmann im Kundenverzeichnis aufgeführt sei und eventuell ihr Testament hinterlegt habe.

Das war eine recht mühsame Angelegenheit. Die jeweils zuständige Person war in den meisten Fällen entweder gerade abwesend, anderweitig beschäftigt oder nicht bereit, telefonische Auskünfte zu erteilen. Mehr als die Hälfte der Adressen hatte er bereits abgeklappert, als eine Dame mit charmanter Stimme sich erkundigte, ob er zufälligerweise der Vater von Agathe Bonnet sei, welche kürzlich geheiratet habe. Ohne direkt zu lügen, liess er die Gesprächspartnerin mit der Gegenfrage «Ah, Sie kennen Agathe?» im Glauben, er sei tatsächlich der Vater dieser ihm unbekannten Agathe. Nachdem er sich geduldig angehört hatte, wo sich die beiden Damen kennen gelernt hatten und wie schön doch das Hochzeitsfest gewesen sei, kam er zur Sache.
«Bei Ihrem guten Gedächtnis können Sie sich vielleicht auch an den Namen Brigitte Heinzelmann erinnern?»

«Ja, sicher», antwortete die Geschmeichelte, erkannte jedoch sofort den gemachten Fehler und erklärte unsicher, das dürfte sie aber eigentlich gar nicht sagen.
Jetzt liess er nicht mehr locker. Er hatte gefunden, wonach er suchte und liess sich mit der Frau Notarin verbinden, gab dieser zu verstehen, er benötige dringend eine beglaubigte Abschrift des Testamentes der Brigitte Heinzelmann und komme zu diesem Zweck zwischen 16 und 17 Uhr vorbei. Den protestierenden Widerspruch überhörte er geflissentlich und gab vor, die formell nötige Verfügung des zuständigen Untersuchungsrichters sei bereits erlassen worden.

***

«Wir müssen der Frau helfen», raunte mir Monika leise aber bestimmt zu, «wenn wir nicht eingreifen, schlägt der rücksichtslose Zuhälter die Frau tot».
Ich nickte wortlos, entriegelte und öffnete lautlos die Autotüre, liess mich am silbergrauen Simca 1500 Spécial hinuntergleiten und schlich hinter den weissen Cadillac, wo ich eine am Boden liegende Eisenstange ergriff. In dem Moment, in dem ich zum Schlag anheben wollte, drehte sich der Gigolo-Typ blitzschnell um, liess die Dirne los, schnellte auf mich zu, ergriff mit der einen Hand meine Trainerjacke und schlug mir mit der andern Faust ins Gesicht. Er drosch wild auf mich ein. Ich bemerkte, wie er mir die Zähne einschlug und mich so daran hinderte, um Hilfe zu rufen. Endlich konnte ich mich aus seinem eisernen Griff befreien, aber es gelang mir nicht, davon zu rennen. Meine Beine waren plötzlich gelähmt. Ich begriff, dass das eine Spätfolge

der seinerzeitigen Hirnhautentzündung sein musste. Am Boden liegend versuchte ich Monika zu alarmieren.

***

«Robert! Tu rêves», hörte ich Elodie behutsam sagen. Total erschöpft erwachte ich und benötigte mehrere Minuten, um mich von diesem Albtraum zu erholen. Nun wohnte ich bereits seit drei Tagen hier. Elodie hatte mir meine Wunden gereinigt, desinfiziert und mit einer heilenden Salbe behandelt. Wir waren uns sofort einig gewesen, auf eine Anzeige zu verzichten. Sie, weil sie nichts mit der Polizei zu tun haben wollte, und ich, weil ich mir bewusst war, dass ich kein zufälliges Opfer einer Bande geworden war. Die Dirne auf dem Trottoir hatte mich in eine Falle gelockt.

Offensichtlich sollte ich auf handgreifliche Art und Weise davon abgehalten werden, weiter nach Marcel Joubeaux zu fahnden. Mein unheimlicher Verdacht wurde langsam aber sicher zur Gewissheit. Damit war für mich aber auch klar, dass dieser Mann noch lebte und etwas zu verbergen hatte. Er musste von meinen Nachforschungen Wind bekommen haben. Wer hatte ihn gewarnt? War es der buckelige Barkeeper oder einer der Gäste in der «Bar du Sud» gewesen? Oder vielleicht gar Emmanuel?

Die liebevolle Pflege und die unerwarteten Kochkünste meiner Retterin hatten Wunder bewirkt. Ich war schnell wieder zu Kräften gekommen und die Schmerzen waren fast verschwunden. Ruhig schlafen jedoch konnte ich fast nie. In den ersten Tagen litt ich unter Fieber und die Träume raubten mir immer wieder den Schlaf. Dabei standen stets Frauen in Gefahr, wobei sich Monikas Bergunfall, Brigittes Sturz mit meinem bordeauxroten 2 CV und der Streit zwischen dem Zuhälter und der Dirne regelmässig wiederholten. Häufig waren die Szenen ziemlich realitätsnah, oft verliefen sie jedoch ganz anders und manchmal waren die Personen darin ausgewechselt, so dass Monika in meinem 2 CV verunfallte und Brigitte am Eiger abstürzte.

Sobald ich im Stande gewesen war, das Bett wenigstens für ein paar Stunden zu verlassen, hatte ich meine Suche nach Marcel Joubeaux wieder aufgenommen, ohne allerdings Elodie etwas davon zu sagen. Sobald sie jeweils die Wohnung für kürzere oder längere Zeit verlassen hatte, suchte ich das 544 Seiten umfassende Telefonbuch des Departements Vaucluse von vorne nach hinten, also von «Althen de Paluds» bis «Virolles en Luberon», systematisch nach dem Namen Joubeaux ab.

Anscheinend trugen nicht viele Menschen den gesuchten Namen. Im ganzen Departement fand ich nur gerade elf Anschlüsse, welche auf «Joubeaux» lauteten, drei davon ziemlich am Schluss des Telefonbuches in der Gemeinde Vaugines, der Nachbargemeinde von Cucuron. Hatte mir Elodie nicht bei unserer ersten Begegnung erzählt, sie sei in Vaugines aufgewachsen? War das ein Zufall oder hatte sie etwas mit diesem Marcel Joubeaux zu tun? Jedenfalls beschloss ich, sie vorläufig nicht einzuweihen.

Ich sah mich gezwungen, einen meiner Vorsätze zu brechen und Elodie zu bitten, mir in der Stadt ein portables Telefon zu besorgen. Tags darauf begann ich, auf die gefundenen elf Telefonnummern anzurufen. Dabei gab ich vor, in der Schweiz einen Cadillac-Oldtimer zu besitzen und auf der Suche nach Ersatzteilen zu sein. Ich sei darauf aufmerksam gemacht worden, ein gewisser Marcel Joubeaux habe früher einen solchen Wagen gefahren, doch hätte ich keine Ahnung, wo dieser Mann zu finden sei.

Beim ersten Anlauf kamen nur gerade drei Verbindungen zustande und niemand wollte einen Marcel Joubeaux kennen. Ich sah ein, dass diese Methode äusserst zeitaufwändig war und überlegte mir, wie ich schneller zum Ziel kommen könnte. Zuhause in Bern hätte ich wohl Suzanne gebeten, für mich das Internet zu durchforschen. Suzanne! Seit mehr als vier Wochen hatte ich meine Tochter nicht mehr gesehen und ihr weder telefoniert noch geschrieben.

«Was, du lebst noch?», begrüsste mich Suzanne vorwurfsvoll.
«Ich habe mir Sorgen gemacht. Wo steckst du eigentlich?»
«In der Provence», antwortete ich wahrheitsgemäss.
Das wisse sie, meinte sie verärgert, aber sie habe seit Tagen vergeblich versucht, mir zu telefonieren. In Cucuron nehme aber niemand das Telefon ab. Wie war sie zur Telefonnummer in Brigittes Haus gekommen? Wahrscheinlich auch mittels Internet. Ich musste ihr eine Notlüge auftischen. Mit der Erklärung, der Haus-

anschluss sei seit einiger Zeit defekt und ich hätte mich erst jetzt dazu durchringen können, mir ein portables Telefon zuzulegen, gab sie sich zufrieden.
Auf ihr triumphierendes «Endlich» ging ich nicht ein.

Zwanzig Minuten später rief sie zurück.
Ich hatte ihr vorgeschwindelt, in Cucuron gehe das Gerücht um, ein gewisser Marcel Joubeaux wolle eine grössere Parzelle kaufen und mit Ferienhäusern überbauen. Im Dorf werde jedoch gemunkelt, bei diesem Promoteur handle es sich nicht gerade um einen seriösen Geschäftsmann, eher um einen «bunten Vogel». Nun hätte ich gedacht, vielleicht sei im Internet etwas über diesen Typ zu erfahren.

«Dein gesuchter Vogel ist wohl eher braun als bunt», meinte Suzanne schnippisch und rapportierte mir, was sie beim Surfen gefunden habe.
Offensichtlich verkehre der Gesuchte in rechtsextremen Kreisen und sei ein Aktivist des Front National. Jedenfalls sei er kürzlich in Orange wegen unsauberer Machenschaften gegenüber politischen Gegnern zu zwei Monaten bedingtem Gefängnis verurteilt worden. Sie habe die im besagten französischsprachigen Zeitungsartikel verwendeten juristischen Ausdrücke nicht alle verstanden, aber es sei dabei anscheinend um eine Bestechungs- und Erpressungsgeschichte gegangen.

Orange! Ich erinnerte mich daran, vor Jahren einen Artikel über die Wahlerfolge des Front National in der Provence gelesen zu haben. Damals hatten die rechtsextremen FN-Listen mit Toulon, Vitrolles und Orange gleich in drei grösseren Städten die Mehrheit erobert. Das musste noch vor dem grossen Triumph gewesen sein, den Jean-Marie Le Pen bei den Präsidentenwahlen im April 2002 gefeiert hatte, als er im ersten Wahlgang überraschend hinter dem amtierenden Präsidenten Jacques Chirac, aber vor dem sozialistischen Kandidaten Lionel Jospin den zweiten Platz erreicht hatte. Die Linken, deren Stimmen sich im ersten Umgang auf nicht weniger als sieben Kandidierende verzettelt hatten, waren in der Folge bei der Stichwahl gezwungen, den stockbürgerlichen Chirac zu unterstützen, um Le Pen zu verhindern.

***

«C'est qui?», brummte Marcel Joubeaux ins Telefon.
Ich erschrak, als ich plötzlich mit dem Mann verbunden war, den ich verdächtigte, für den Tod der Prostituierten Ingrid Heinzelmann verantwortlich zu sein und der wahrscheinlich meine beiden Peiniger beauftragt hatte, mich zusammenzuschlagen.

Nach Suzannes Anruf hatte ich kurzerhand der Telefonistin beim Generalsekretariat des Front National das Märchen über den Cadillac-Oldtimer aufgetischt. Die Dame nahm mir offensichtlich meine Geschichte ab und gab mir ohne zu zögern die Telefonnummer an, unter welcher Marcel Joubeaux üblicherweise erreichbar sei. Als sich dieser bereits beim ersten Versuch nach kurzem Klingeln selbst meldete, war ich dann doch ziemlich überrumpelt.

«Was wollen Sie von mir?», fragte er mich ohne grosse Umschweife.

«Es geht um eine Prostituierte namens Sissi», versuchte ich mich vorsichtig an das Thema heranzutasten.

«Die ist längst tot», kam seine rasche Antwort.

«Das ist mir bekannt, aber ich möchte in Erfahrung bringen, unter welchen Umständen sie gestorben ist», kam ich zur Sache.

Er liess sich nicht aus der Ruhe bringen und empfahl mir, mich bei der Polizei zu erkundigen, die habe damals eine Untersuchung durchgeführt und vielleicht bekäme ich ja Einblick in den Rapport.

«Diesen dilettantischen Untersuchungsbericht habe ich bereits eingesehen. Das Dokument ist unbrauchbar. Die Polizei hat nicht einmal herausgefunden, dass Sie Sissi kurz vor deren Tod zusammengeschlagen haben!», ging ich zum Frontalangriff über.

«Was soll diese wahnwitzige Unterstellung?», warf er mir mit leicht bebender Stimme vor, welche einen lauernd-drohenden Ton aufwies, gleichzeitig aber auch eine gewisse Verunsicherung verriet.

Ich bemühte mich, kühl zu bleiben und bestimmt zu wirken.

«Ich habe Sie damals aus meinem Auto beobachtet, welches wenige Meter neben Ihrem weissen Cadillac parkiert war, in dessen Kofferraum Sie Sissi schliesslich geworfen haben!»

Joubeaux schwieg und ich zwang mich ebenfalls zum Schweigen, bis er endlich keuchend ein «Wo können wir uns treffen?» heraus stiess.

Am andern Ende der Telefonleitung war nicht mehr die jovial wirkende Stimme des selbstsicher polternden Joubeaux. Mir schien, ich hätte einen Volltreffer gelandet.

Jetzt gab es kein Zurück mehr.

Exakt diese Frage hatte ich erwartet und mir deshalb die Antwort genau zurecht gelegt.

«Morgen 13 Uhr in Avignon an der Place de l'Horloge – aber kommen Sie allein!», diktierte ich die Spielregeln. «Und noch etwas: Ich rate Ihnen sehr, jegliche Mätzchen zu unterlassen, denn ich habe meine seinerzeitigen Beobachtungen in einem schriftlichen Bericht zusammengefasst und diesen für den Fall, dass mir etwas zustossen sollte, bei einem Notar hinterlegt.»

***

Das war allerdings nur die halbe Wahrheit. Den Bericht hatte ich tatsächlich abgefasst und darin auch beschrieben, wie ich zusammengeschlagen worden war. Schliesslich hatte ich meinen Report zusammen mit Adresse und Telefonnummer von Marcel Joubeaux sowie dem Vermerk unseres Rendez-vous an der Place de l'Horloge in ein an die Police Nationale in Avignon adressiertes Kuvert gelegt und dieses in einen zweiten, neutralen Umschlag gesteckt.

Elodie wollte ich ganz bewusst nicht in die Sache hineinziehen. Während nunmehr einer Woche hatte sie mich beherbergt. Wir hatten dabei wie Vater und Tochter zusammen gelebt. Tagsüber spielte Sie die Hausfrau. Im späteren Nachmittag verliess sie die Wohnung, um ihrer Arbeit nachzugehen, und irgendwann in der Nacht kam sie zurück und legte sich neben mich in das schmale französische Bett. Wenn sie nackt aus der Dusche kam, bewunderte ich zwar ihren jugendlichen, makellosen Körper, sah in ihr aber weder die begehrenswerte Frau noch die käufliche Dirne, sondern die junge Freundin, welcher ich mich zu grossem Dank verpflichtet fühlte.

Als ich ihr dargelegt hatte, ich fühle mich nun wieder stark genug und hätte mich entschieden, am nächsten Tag Avignon zu verlassen, wurde sie fast ein wenig melancholisch.
«In diesem Fall werde ich heute nicht zur Arbeit gehen und uns ein Abschiedsessen kochen», hatte sie spontan entschieden und war später mit mehreren prall gefüllten Einkaufstaschen zurückgekehrt.

«À l'amitié», prostete mir Elodie mit dem Rosé du Tavel zu, den sie in ihrem winzigen Kühlschrank auf die richtige Temperatur herunter gekühlt hatte.
Dazu hatte sie einen hervorragenden Auberginen-Caviar mit viel Knoblauch angerührt. Während wir bei der deliziösen Vorspeise sassen, liess Elodie das Ratatouille, dessen Duft sich über die ganze Wohnung verbreitet hatte, auf kleiner Flamme weiter köcheln. Schliesslich warf sie die Lammkoteletten in das in der Bratpfanne erhitzte Olivenöl und bat mich, die Flasche mit dem dazu passenden Gigondas zu öffnen.

«Du wirst gesucht», eröffnete mir Elodie, als wir beim Dessert sassen.

«Joe, der buckelige Barkeeper hat mich ausgehorcht, aber ich habe die Unwissende gespielt. Bist du in irgend eine Sache verwickelt?»

Nun war ich zwar sicher, dass ich Elodie vertrauen konnte, trotzdem schenkte ich ihr keinen reinen Wein ein. Ich gab zu, vor meiner Abreise noch ein heikles Geschäft erledigen zu müssen und bat sie, am darauf folgenden Tag um 14.30 Uhr vor dem Stadtbahnhof auf mich zu warten, um mir den Umschlag zurück zu geben, den ich ihr zum Aufbewahren zurücklassen würde. Für den Fall, dass ich bis 15 Uhr nicht auftauchen würde, solle sie das Kuvert zur Polizei bringen.

***

Ich erkannte Marcel Joubeaux sofort wieder, als er auf mich zukam. Ich hatte damit gerechnet, dass er vom Bahnhofparking her kommen würde und mich in das oberste Restaurant an der Place de l'Horloge gesetzt, wo die meisten Stühle frei waren. Er war zwar – wie auch ich – in den Jahren etwas rundlicher geworden und trug nicht mehr dieselbe Haartracht. Wie ein Film lief in meinem Kopf zum hundertsten oder tausendsten Mal die Szene der für mich unvergesslichen Nacht vor fünfunddreissig Jahren ab.

«Wie viel verlangen Sie?», fragte er unvermittelt.
«Ich suche kein Geld, ich suche die Wahrheit», gab ich ihm zu verstehen.
«Sie waren ja anscheinend dabei, dann kennen sie doch die Wahrheit und jetzt wollen sie mich damit erpressen», erwiderte er trotzig.

Nochmals versicherte ich, ihm sitze weder ein Erpresser noch ein Rächer gegenüber. Um die Störung des Kellners in Grenzen zu halten, bestellten wir ohne Blick auf die Menükarte den Tagesteller und eine Flasche Côte du Rhône.

Als wir eine gute Stunde später beim Kaffee sassen, wusste ich, dass Marcel Joubeaux eine gescheiterte Kreatur war. Zuerst in ärmlich-bäuerlichen Verhältnissen, dann in einem Erziehungsheim aufgewachsen, hatte er früh seinen eigenen Weg gesucht. In Avignon hatte er schnell herausgefunden, wie er als Zuhälter zum schnellen Geld kommen konnte. Nach dem «Unfall mit Sissi», wie er seine kriminelle Tat beschönigte, sei er zwar vom Milieu gegenüber der Gendarmerie gedeckt, aber als «Nestbeschmutzer» geächtet worden und gezwungen gewesen, eine neue Existenz aufzubauen.

Mit der Empfehlung eines Freundes in der Tasche habe er sich eines Tages beim Sekretariat von Jean-Marie Le Pen für eine Stelle als Privatchauffeur beworben, wo er gleich angestellt worden sei. In der Folge habe er Le Pen nicht nur als Chauffeur, sondern auch als Leibwächter gedient. Auf diese Weise habe er die gesamte Spitze des Front National kennen gelernt. Einmal habe er gar Brigitte Bardot und deren Ehemann in Saint-Tropez abholen und nach einem feucht-fröhlichen Gelage in Vitrolles wieder heimführen dürfen. Bei verschiedenen Geheimtreffen, bei denen er für die Sicherheit verantwortlich gewesen sei, habe er auch zahlreiche Spitzenpolitiker anderer Parteien getroffen, wie etwa Pasqua, Juppé und Sarkozy.

Dann sei wieder einmal eines dieser «Unglücke» passiert, die stets sein Leben bestimmt hätten. Er habe eine Affäre mit Le Pens 1968 geborener Tochter Marine gehabt. In der Folge sei er nach Orange strafversetzt worden. Hier sei es wieder ein paar Jahre recht gut gegangen, bis er kürzlich vor Gericht für eine missratene politische Aktion habe den Kopf hinhalten müssen. Der Front National sei zwar für die Anwalts- und Gerichtskosten vollständig aufgekommen, habe ihn aber nach der Verurteilung unter dem öffentlichen Druck der Medien fristlos entlassen.

Nun stehe er wieder einmal am Anfang und ausgerechnet in dem Moment komme ich mit der alten Geschichte daher.

«Was verlangen Sie von mir?», fragte er zum wiederholten Male, und ich erklärte ihm erneut, dass ich kein Geld wolle.
«Ich wollte die Wahrheit kennen. Nun ist es an Ihnen, mit dieser ‹Altlast› fertig zu werden. Wenn ich an Ihrer Stelle wäre, ginge ich zur Polizei, aber ich will Sie nicht zu diesem Schritt zwingen und habe auch nicht die Absicht, Sie anzuzeigen. Als Katholik könnten Sie vielleicht statt zu Polizei in die Kirche zur Beichte gehen. Eine weitere Möglichkeit, Busse zu tun, wäre allenfalls eine grössere Geldspende für irgend ein Hilfswerk. Wie gesagt, Sie müssen selbst wissen, wie Sie mit Ihrem Gewissen in Ordnung kommen wollen.»

Marcel Joubeaux schaute mich ungläubig an und schien die Welt nicht mehr zu verstehen. Er lebte in einer Au-

ge-um-Auge-Zahn-um-Zahn-Welt und war sich gewohnt, dass jeder den andern übers Ohr zu hauen versuchte. Und jetzt war da plötzlich einer, der ihn ernst nahm, ihm zuhörte und glaubwürdig zu verstehen gab, nicht die Absicht zu haben, sein Wissen erpresserisch auszunützen.
«Als kleine Genugtuung für die Schmerzen, welche mir Ihre Schläger bereitet haben, können Sie hier die Rechnung bezahlen», waren meine Abschiedsworte, bevor ich Richtung Bahnhof verschwand.

***

«Was treibst du dich mit diesem Joubeaux herum?», empfing mich Elodie an der vereinbarten Stelle barsch.
«Hast du spioniert?», fragte ich zurück, und sie erzählte mir, wie sie zufällig an der Place de l'Horloge vorbei gekommen sei und uns beide in ein Gespräch vertieft gesehen habe.
Marcel Joubeaux sei eine zwielichtige Figur, die sie seit ihrer Kindheit in Vaugines kenne. Bereits im Schulalter habe dieser eine Bande angeführt, welche in der näheren Umgebung mehrere Einbruchdiebstähle verübt habe. Nachdem die Sache aufgeflogen sei, habe man ihn in Avignon in eine Erziehungsanstalt gesteckt. Später sei er zeitweise als Zuhälter, dann als Berufsschläger tätig gewesen. Sie habe ihn dann aus den Augen verloren, bis er vor zwei Tagen in der «Bar du Sud» aufgetaucht sei und sie zusammen mit Joe in die Zange genommen habe.

***

Bevor ich Avignon mit dem Zug um 14.52 Uhr Richtung Marseille verliess, versuchte ich Elodie zu beruhigen und versicherte ihr, die Sache mit Marcel Joubeaux sei für mich erledigt und sie brauche weder für mich noch für sich irgend etwas zu befürchten. Dabei war ich mir nicht ganz sicher, ob sie mir glauben würde. Schliesslich war mir auch selbst nicht ganz geheuer bei der Geschichte und ich wurde mir erst jetzt bewusst, welches Risiko ich eigentlich eingegangen war.

***

«Wo stecken Sie die ganze Zeit?», wollte Geneviève Faure wissen, «Seit Tagen versuchen wir Sie zu erreichen. Ich muss Sie dringend sehen.»
Das passte mir gut, denn ich hatte sie ja angerufen, um mich über den Stand der Abklärungen über Brigittes Tod zu erkundigen. Bei meiner Ankunft am Gare Saint Charles in Marseille kurz vor vier Uhr war ich erschöpft wie nach einer mehrtägigen Bergtour. Die Begegnung mit Marcel Joubeaux hatte mir mehr Kräfte abverlangt, als ich für möglich gehalten hätte. Spontan hatte ich mich entschlossen, mich von einem Taxi an den Boulevard Michelet zur «Cité radieuse» fahren zu lassen.

Ich hatte Glück gehabt und im Hotel «Le Corbusier» noch ein Zimmer erhalten wie damals, als Monika nach zwei Wochen wilder Campiererei endlich wieder einmal in einem richtigen Bett schlafen wollte. Eigentlich hatten wir in erster Linie eine unserem knappen Ferienbudget entsprechende Unterkunft gesucht und waren so eher zufällig in einem der wichtigsten soziologischen und architektonischen Werke des zwanzigsten Jahrhunderts gelandet.

Im 1947 im Auftrag der französischen Regierung erstellten Wohnblock, der auch «Unité d'Habitation» oder «La Maison du Fada» genannt wird, hat der 1965 im Alter von achtundsiebzig Jahren verstorbene Schweizer Architekt Le Corbusier seine Ideen über Städteplanung und Wohnen praktisch umgesetzt.

Das 138 Meter lange, 25 Meter breite und 56 Meter hohe Gebäude ruht auf mächtigen Betonstützen, die den Erdboden frei lassen. Sämtliche Proportionen entsprechen dem von Le Corbusier entwickelten System, dem so genannten «Modulor». Die zweigeschossigen Appartements sind wie einzelne Schubladen in das Stahlbeton-Skelett eingesetzt.

Le Corbusier hatte das Ziel, im 18-geschossigen Block sowohl die kollektiven als auch die individuellen Wohnbedürfnisse zu befriedigen. Die 337 Appartements sind in 23 verschieden grosse Typen unterteilt, vom Einpersonen-Studio bis zur Grossfamilien-Wohnung. Im siebten und achten Geschoss sind Läden, eine Post, eine Wäscherei, ein Coiffeursalon sowie das Hotel untergebracht. Auf der Dachterrasse befinden sich Kinderspielplatz, Kindergarten, Sporthalle, Freilichttheater und sogar eine 300-Meter-Rennbahn.

***

Marcel Joubeaux hatte eine schlechte Nacht hinter sich. Während Stunden hatte er sich in seinem Bett gewälzt, hatte sein Leben Revue passieren lassen, hatte seine aktuelle Situation zu analysieren versucht und nach einem Ausweg aus seiner misslichen Lage gesucht.

Tags zuvor war er noch über eine Stunde am Tisch sitzen geblieben, an dem er mit dem Schweizer gegessen hatte. Dieser hatte ihm drei Wege aufgezeichnet: Polizei, Beichte oder Spende. Die Variante «Spende» kam aus finanziellen Gründen nicht in Betracht. Seine Wohnung und sein Wagen gehörten dem Front National und mussten Ende Monat zurückgegeben werden. Die vom Front National erhaltene Abfindungssumme hatte er vorangegangene Woche in Monte Carlo verspielt. Er war total abgebrannt.

Auch den Weg zur Beichte schlug er aus. Seit seiner Jugend war er weder zur Messe noch zur Beichte gegangen. Einzig während seiner Zeit als Zuhälter hatte er ab und zu mit der Kirche Kontakt gehabt. Nämlich dann, wenn er einem Geistlichen – einmal gar dem Bischof – eine Dirne vermitteln durfte. Weil dabei höchste Diskretion gefragt war, hatte er die entsprechenden Treffen jeweils sorgfältig in einer speziell dafür gemieteten Wohnung in Cavaillon arrangiert.

Nach zwei Armagnac hatte er sich dazu durchgerungen, zur Polizei zu gehen. An der Rezeption des Polizeikommissariates am Boulevard Saint-Roch liess man ihn vorerst eine halbe Stunde warten. Schliesslich wurde er von einem jungen Beamten empfangen, dem er seine

Geschichte zu Protokoll geben konnte. Er erzählte, wie er damals wegen eines Streites über das von der Dirne abzuliefernde Geld die Nerven verloren habe, wie sich Ingrid zur Wehr gesetzt habe und wie diese schliesslich blutend am Boden gelegen sei.

Er versuchte zu erläutern, wie er in Panik geraten sei und den leblosen Körper im Kofferraum seines weissen Cadillac zur Rhône transportiert und dort ins Wasser geworfen hatte.

Der Polizeifunktionär hatte ihn kaum unterbrochen und nur wenige Zusatzfragen gestellt. Nochmals war er eine Ewigkeit wartend allein gelassen worden.

«Die Akte Ingrid Heinzelmann war nicht wie erwartet im Archiv», entschuldigte sich der Beamte bei seiner Rückkehr und deutete an, anscheinend sei das Dossier kürzlich von einer andern Polizeistelle angefordert worden und noch im Sekretariat zur Wiederablage gelegen.
«Sie haben Glück gehabt», fuhr der Polizeibeamte nach dem Studium der Unterlagen plötzlich fort, «der Fall liegt über dreissig Jahre zurück und ist somit verjährt. Sie müssen nur noch das Protokoll durchlesen und unterschreiben, dann können Sie gehen.»

Zum zweiten Mal innert weniger Stunden verstand Marcel Joubeaux die Welt nicht mehr. Er hatte seine Situation als ausweglos eingeschätzt und sich schliesslich schweren Herzens entschlossen, sich zu stellen. Wegen seiner Vorstrafen war er davon ausgegangen, gleich verhaftet zu werden.

Verjährt!
Was nun?

«Vorerst einmal darüber schlafen», hatte er sich vorgenommen.
Doch von Schlafen war kaum die Rede. Halb schlummernd, halb grübelnd drehte er sich im Kreis herum. Wenn er, über die Verjährung erleichtert, einschlafen wollte, tauchten die Bilder der zwar blutenden, aber noch atmenden und ihn mit grossen Augen anklagenden Sissi auf. Wenn er diese Horrorbilder verscheucht hatte, erschien ihm der rätselhafte Schweizer, dessen Antlitz zeitweise jenem des Wohltäters Franz von Assisi, dann wieder jenem des Verräters Judas glich.

Je länger das Gespräch mit dem einzigen noch lebenden Zeugen von damals zurücklag, um so grösser wurden seine Zweifel über dessen Aufrichtigkeit. War er naiv gewesen, als er diesem aufsässigen Spürhund geglaubt hatte, statt ihn mundtot zu machen? Musste er nicht damit rechnen, dass dieser von Marseille zurückkehren und ihn erneut in Schwierigkeiten bringen würde?

Sicher, er war seinerzeit nicht derart abgebrüht gewesen, dass er Sissis Tod als vernachlässigbaren Zwischenfall abgehakt hätte. Er war sich seiner Schuld durchaus bewusst gewesen und hatte erhebliche Gewissensbisse gehabt. Mit der Zeit hatte er aber den Vorfall verdrängen können. Geholfen hatte ihm dabei nicht zuletzt der Umstand, dass sein Vater von Deutschen getötet worden war. Seine Gewalttat an der deutschen Prostituierten konnte er insofern als eine späte Rache für seinen Erzeuger auslegen.

***

Sein Vater hatte sich als vehementer Gegner des Vichy-Regimes unter Marschall Pétain der vom kommunistischen Journalisten Emmanuel d'Astier de la Vierge gegründeten «Libération» angeschlossen, welche Teil der französischen «Résistance» war. Der im Oktober 1944 geborene Marcel Joubeaux hatte seinen Vater nie gekannt, weil dieser im Juni 1944 von SS-Schergen aufgegriffen und standrechtlich erschossen worden war.

Obwohl sein Vater Kommunist gewesen war, wurde sein Sohn jeweils von den langsam aber sicher aussterbenden «Anciens combattants» zur feierlichen Zeremonie eingeladen, welche alljährlich auf dem Friedhof in Apt durchgeführt wurde. Dabei wurden stets dieselben patriotischen Ansprachen gehalten, dieselben Kränze deponiert und auch das Absingen der «Marseillaise» durfte nie fehlen.

Wahrscheinlich hätte sich sein Vater im Grab umgedreht, wenn dieser gewusst hätte, dass sein Sohn zum Bewunderer des rechtsorientierten General de Gaulle geworden war, der aus der syrischen Kolonie stammte und während des Krieges aus dem Londoner Exil versuchte, den Kampf für «la France libre» zu organisieren, aber nichts von zivilen Kampfmethoden verstand und den linken Résistance-Kämpfern suspekt war.

Im Morgengrauen war Marcel Joubeaux aufgestanden. Sein Plan stand fest. Er war sich gewohnt, Probleme nicht allzu lange vor sich herzuschieben. Die Tatsache, dass er erpressbar geworden war, bedeutete für ihn ein ernsthaftes Problem, und er hatte sich entschieden, dieses ohne Verzug aus der Welt zu schaffen. Nach dem Morgenessen und der alltäglichen Dusche holte er seine Jagdflinte hervor, reinigte diese gründlich, machte die übliche Funktionskontrolle, packte Gewehr und Schrotmunition in seinen Wagen und verliess Orange in Richtung Marseille.

***

«Wir waren drauf und dran, Sie öffentlich zur Fahndung auszuschreiben», eröffnete mir Geneviève Faure, als ich am Tag nach meiner Ankunft in Marseille bei ihr und Alain Bonnet im Polizeikommissariat sass.
«Ich hatte befürchtet, Ihnen sei etwas zugestossen, und jetzt sieht es fast aus, als wären meine Besorgnisse nicht grundlos gewesen», fuhr sie unter Hinweis auf die in meinem Gesicht noch deutlich erkennbaren Spuren der eingesteckten Faustschläge fort.

«Ich habe mich unvorsichtigerweise in eine Rauferei zweier Jugendlicher eingemischt, worauf mich die beiden gemeinsam verprügelt haben», log ich, denn ich hatte mich entschieden, vorläufig die Ergebnisse meiner Nachforschungen in Avignon und meine Kontakte mit Marcel Joubeaux für mich zu behalten.

Nun bat Geneviève Faure ihren temporären Mitarbeiter Alain Bonnet, mich über den Stand der Ermittlungen im Fall Heinzelmann zu informieren. In sachlicher, distanziert-professioneller Manier fasste der erfahrene Fahnder die verschiedenen Fakten zusammen und hielt schliesslich bestimmt fest, Brigitte sei eindeutig das Opfer eines Unfalles gewesen. Das Unfallfahrzeug, der in der Schweiz immatrikulierte bordeauxrote 2 CV, habe gemäss der technischen Expertise keinerlei Mängel aufgewiesen. Bei der chemischen Analyse der von mir gefundenen ölgetränkten Erde sei zwar tatsächlich Bremsöl nachgewiesen worden, welches jedoch nicht aus dem Unfallwagen gestammt habe. Die Untersuchungen seien damit eingestellt und die Akte Brigitte Heinzelmann geschlossen, beendete Alain Bonnet mit sichtlichem Stolz seine Ausführungen.

«Die formelle Testamentseröffnung ist damit an und für sich nicht mehr unsere Angelegenheit, die entsprechende schriftliche Einladung werden Sie in ihrem Briefkasten in Cucuron vorfinden», hielt Geneviève Faure schliesslich fest.
Sie hätten aber von Amtes wegen eine Abschrift der bei einem Notariat hinterlegten letztwilligen Verfügung erstellen lassen. Darin sei ich einerseits als Erbe des Hauses in Cucuron und anderseits als Liquidator des restlichen Vermögens eingesetzt. Frau Heinzelmann habe verfügt, dass das Vermögen, mit Ausnahme eines Betrages zur Sicherstellung der Finanzierung von Aurore Vials Studium, gemeinnützigen Institutionen zukommen soll. Als Liquidator werde es nun an mir sein,

geeignete Organisationen auszuwählen und das Geld zu verteilen.

«Damit wird Ihnen angesichts der diesbezüglich komplizierten französischen Gesetze vorläufig kaum langweilig», meinte Geneviève Faure, bevor sie mich verabschiedete und mir viel Glück wünschte.

***

Marcel Joubeaux war es wohlig-warm ums Herz. Er hatte sich Zeit gelassen und hatte mit dem schwarzen Peugeot 607 Platinum V6 statt die «Autoroute du soleil» die N7 nach Aix-en-Provence und dann die N8 nach Marseille genommen. Er genoss die Fahrt ohne Hast und Stress. Am «Place Louis Goudard» war er ohne zu überlegen wie üblich rechts abgebogen, um über den «Chemin de la Madrague-Ville» ins Hafenquartier zu gelangen, welches wie jeden Morgen von Lastwagen verstopft war.

Während eines kurzen Haltes vor einem Rotlicht hatte er sich spontan dazu entschieden, statt die «Canebière» hinauf ins Stadtzentrum um den «Vieux Port» herum zu fahren und über die «Promenade de la Corniche du Président John Fitzgerald Kennedy» und die «Promenade Georges Pompidou» der Küste und dem «Plage du Prado» zu folgen, um Marseille auf der N 559 zu verlassen.

Als er in den Kehren des «Col de la Gineste» seinen Blick auf das offene Mehr gelenkt hatte, war die Entspannung eingetreten. Er hatte die Gedanken an Sissi, den Front National und den unberechenbaren Schweizer verdrängen und die herrliche Gegend in sich aufsaugen können.

Die wilde Schönheit des zerklüfteten Kalksteinmassives, welches an der Küste die so genannten «Calanques» mit mehreren hundert Meter hohen Klippen und dazwischen liegenden fjordähnlichen Buchten bildet, erzeugte in ihm ein regelrechtes Wonnegefühl.

Cassis hatte er rechts liegen gelassen und war über die Serpentinen der «Corniche des Crêtes», den Klippen von «Soubeyran» und am «Cap Canaille» vorbei zum «Sémaphore du Bec de l'aigle» gelangt. Unterhalb der mächtigen Antennenanlage hatte er gewendet, um aus dem Wagen die bestmögliche Aussicht zu haben.

Rechts erkannte er die Inseln vor Marseille und linkerhand den «Cap Sicié» bei Toulon. Möwen und Schwalben zogen ihre Kreise über ihm, als wären sie schwerelos.

Schon früher war er an diesem Ort jeweils in eine Art Trance- oder Rauschzustand entrückt.

Er erinnerte sich, wie er als acht- oder neunjähriger Junge während der Sommerferien bei den Grosseltern in La Ciotat mit seinem Grossvater hier hinaufgestiegen war. Todmüde und einem Sonnenstich nahe war er hier gelegen. Dann hatte ihm der Grossvater erklärt, am Horizont befinde sich Afrika, und er hatte geglaubt, nahe dem Himmel zu sein.

Auch später einmal hatte er sich hier im Himmel gewähnt. Nämlich damals, als er mit der einzigen Frau, bei der er echte Liebe empfunden hatte, spät nachts hier hinauf gefahren war und sie sich unter dem Sternenhimmel bis zum Morgengrauen hemmungslos der Lust hingegeben hatten.

Er schloss die Augen und empfand so etwas wie Befriedigung und Glück.

***

Der diensthabende Wächter in der unter militärischer Aufsicht stehenden Antennenanlage hatte mit seinem starken Feldstecher den schwarzen Peugeot 607 mehrmals beobachtet und erstaunt festgestellt, dass niemand ausgestiegen war. Als er den Schuss hörte, ahnte er sofort, dass etwas passiert sein musste. Er fuhr hinunter, warf einen Blick in den Wagen, erschauerte ob des kopflosen Körpers und dem am Seitenfenster klebenden Haarbüschel. Ohne auszusteigen alarmierte er mit seinem portablen Telefon die Gendarmerie.

***

Erst während der Busfahrt von Marseille nach Pertuis war mir bewusst geworden, was mir Geneviève Faure so nebenbei eröffnet hatte. Ich war sozusagen über Nacht Eigentümer des anscheinend verwunschenen Hauses in Cucuron geworden und sollte mich nun um die Liquidation des von Brigitte hinterlassenen Vermögens kümmern. Das entsprach ganz und gar nicht den

Vorstellungen, die ich gehabt hatte, als ich mich entschlossen hatte, in die Provence zu ziehen.

Und wenn ich mich ganz einfach weigern würde, die mir von Brigitte zugewiesene Aufgabe zu übernehmen? Nein, ob es mir passte oder nicht, diesen letzten Dienst war ich Brigitte schuldig.

In Pertuis rief ich bewusst nicht Aurore Vial an, sondern das in Cucuron ansässige Taxiunternehmen Morrat. Als wir Ansouis passiert hatten und der Luberon mit dem «Mourre Nègre» am Horizont auftauchte, empfand ich ein Gefühl der Heimkehr. Gleichzeitig beschlich mich eine gewisse Unruhe. Sollte ich wirklich den Rest meines Lebens hier verbringen? Würde ich hier richtig Wurzeln schlagen können?

«Voilà», meinte Monsieur Morrat trocken, als er vor «meinem» Haus anhielt.
Ich bezahlte die Fahrt, ging ins Haus und suchte den Briefkastenschlüssel. Dabei wurde mir bewusst, dass ich die ganze Zeit weder einen Blick in den Briefkasten geworfen, noch diesen geöffnet hatte. Das ging mich ja auch nichts an, denn das war ja Brigittes Briefkasten. Jetzt war das anders. Jetzt war es «mein» Briefkasten.

Neben einem ganzen Haufen von Prospekten fand ich mehrere an Brigitte adressierte Geschäftsbriefe – wahrscheinlich irgendwelche Rechnungen oder gar Mahnungen. Überrascht entdeckte ich einen an mich gerichteten Brief mit Brigittes Handschrift. Mit zittrigen Händen riss ich den Umschlag auf und begann zu lesen:

Lieber Robert

Wenn du diesen Brief in den Händen hast, werde ich bereits nicht mehr leben.
Ich habe mich riesig auf deine Ankunft und auf unsere gemeinsame Zukunft gefreut. Je näher der Tag jedoch gekommen ist, um so unsicherer bin ich geworden.
Fatalerweise habe ich dir einen wichtigen Teil meiner Vergangenheit verschwiegen. Bevor wir uns in Frankfurt kennen gelernt haben, war eine junge Frau während mehrer Jahre meine Geliebte gewesen. Ich habe mich zwar nach langem Ringen für dich entschieden, spüre aber je länger desto mehr, dass die Liebe zu dieser Frau nicht erloschen ist.
Aus dieser Zerrissenheit sehe ich nur noch einen Ausweg.
Ich danke dir für alles, was du mir gegeben hast, und bitte dich um Verzeihung.

In Liebe, deine Brigitte

***

Tote verdienen Ruhe!